高尔基自传体
三部曲

[苏联] 高尔基 著

王敦宁 译

我的大学

江苏凤凰文艺出版社
JIANGSU PHOENIX LITERATURE AND ART PUBLISHING

图书在版编目（CIP）数据

我的大学／（苏）高尔基著；王敦宁译. —南京：江苏凤凰文艺出版社，2024.5
　ISBN 978-7-5594-8560-1

Ⅰ.①我… Ⅱ.①高… ②王… Ⅲ.①长篇小说-苏联 Ⅳ.①I512.45

中国国家版本馆CIP数据核字（2024）第065642号

我的大学

（苏）高尔基　著　王敦宁　译

出 版 人	张在健	
责任编辑	孙金荣	
责任印制	杨　丹	
出版发行	江苏凤凰文艺出版社	
	南京市中央路165号，邮编：210009	
网　　址	http://www.jswenyi.com	
印　　刷	江苏扬中印刷有限公司	
开　　本	890毫米×1240毫米　1/32	
印　　张	5.75	
字　　数	110千字	
版　　次	2024年5月第1版	
印　　次	2024年5月第1次印刷	
书　　号	ISBN 978-7-5594-8560-1	
定　　价	30.00元	

江苏凤凰文艺版图书凡印刷、装订错误，可向出版社调换，联系电话 025-83280257

第一章

我总算是去喀山上大学了。

上大学这个想法来源于一个叫尼·叶夫列伊诺夫的中学生。这是一个帅气可爱的青年,他的眼神如女人般柔和,原来住在我屋子的阁楼上。他常看到我手上拿着书,这引起了他的关注,一来二去我们就熟了。没多久他就让我相信自己"颇有科研天赋"。

"您天生就是为科学服务的!"说这话时,他甩动着那马鬃似的长发。

那时我还不知道,即便是只兔子也可以为科学服务。可是叶夫列伊诺夫使我相信,很明显大学里需要的就是我这样的小伙,他跟我神侃米哈伊尔·罗蒙诺索夫①。叶夫列伊诺夫说我可以住在他家,用一秋一冬的时间通过中学课程。只要考好随便哪几门功课,就能得到大学的奖学金,再过个五年我就能成为学者了。这一切看起来是那么简单,因为尼·叶夫列伊诺夫当

---

① 米哈伊尔·瓦西里耶维奇·罗蒙诺索夫(1711—1765),俄罗斯科学家、语言学家、哲学家和诗人,莫斯科大学创办者,被誉为俄罗斯科学史上的彼得大帝。

时还是一个纯真的十九岁中学生。

他考完试就回家了,而我也在两个礼拜后跟着启程动身。

外祖母在送我时,叮嘱我:

"你呀别动不动就跟人发火,你老是跟人发脾气,傲慢、严厉!这传你外公的代,可你外公呢,这个苦老头,活了大半辈子最后活成个傻瓜!你要记住,神不批评别人,魔鬼喜欢这么做!好了,再见吧……"

她一边说,一边擦着她松弛灰褐的脸颊上几颗泪珠,"我们不会再见面啦,你这个待不住的家伙要流落外乡,我呢,也活不了几天啦……"

前段时间我没在亲爱的老外祖母跟前,难得跟她见面。突然觉得心里很痛,我也许再也见不到这位关爱我的血脉至亲啦。

登上轮船,我站在船艄看着她,她站在码头边上,一手画十字,一手拿旧披巾角揩着脸和那双黑眼睛,那眼里散发着仁爱的光芒。

然后我就到了这座半鞑靼化的城市,在一所小平房的一个狭小房间里落脚。这所平房孤立在一条弯曲狭窄的巷子尽头的小坡上,平房的一面山墙对着一片失过火的地方。这片荒地长满密密麻麻的野草,在苦艾、牛蒡、团团酸丛中有接骨木丛,里面有一堆砖瓦房子的废墟,废墟下有个大地下室。一群流浪狗盘踞在里面,在那生在那死。我记得非常清楚,因为那个地下室是我的大学之一。

叶夫列伊诺夫一家——母亲和两个儿子,依赖微薄的抚恤金过活。刚到他们家的头几天,我常看到那个面带菜色的矮小寡妇从菜场回来后,把东西摆在案板上,绞尽脑汁地为一个问题发愁:怎么用这一丁点下脚肉给三个健壮的小伙子做出丰盛的美餐——还不包括她自己。

她寡言少语,灰色的双眼里流露出来的意志就像是一匹耗尽力气拉车上坡的母马,夹杂着刚强和无奈的温柔,她清楚已经拉不动了,可还在拼命坚持。

我来后的第三还是第四天早上,在厨房里帮她摘菜,寡妇的两个孩子还在睡觉,她小声地问我:"您来是做什么的?"

"来读书,上大学。"

她的眉毛翘了一下,连着上方蜡黄的抬头纹一块皱起来。菜刀一下子就切到手指,她一边吸着手上的血一边跌到椅子上,又一下子跳起来,叫道:

"噢,见鬼……"

她用手绢包好割伤的手指,然后夸我:

"您倒是挺会削土豆的。"

这个还能不会?于是我跟她说了我在轮船上帮厨的事情。接着她又问:

"您以为,就靠这个就能进大学了?"

那时候我还不大明白什么是"打趣",就非常严肃地回答了她的问题,向她讲起了我的计划,断言科学圣殿的大门终究会向我开放。

她叹了口气,喊:

"啊,尼古拉,尼古拉!"

这时尼古拉进厨房洗漱来了,他披头散发、睡眼惺忪,跟平常一样轻松自在。

"要是能做点饺子就好了,妈妈。"

"好吧,"他母亲同意了。

这时我想卖弄自己烹饪方面的见识,就说要做饺子这肉太次分量也不够。瓦尔瓦拉·伊万诺夫娜火冒三丈,立刻反唇相讥,说了几句让我很是下不来台的话。我耳根发烫,脸涨得通红。她把胡萝卜往桌上一扔,夺门离开了厨房。尼古拉跟我使了个眼色,解释道:"她情绪不好。"

他坐到板凳上开导我,女人天生比男人神经质,并说瑞士一位有名望的学者令人无可置疑地证实了这一点。英国人约翰·斯图亚特·穆勒①也曾表述过关于这个问题的一些类似观点。

尼古拉很是诲人不倦,他只要有机会就会给我灌输一些生活所必需的常识,我囫囵吞枣地吸纳着他的教导。后来竟把傅科②、拉罗什富科③、拉罗什雅克兰④三人混为一谈,我也搞不清

---

① 约翰·斯图亚特·穆勒(1806—1873),英国哲学家、经济学家。
② 莱昂·傅科(1819—1868),法国物理学家。
③ 弗朗索瓦·德·拉罗什富科(1613—1680),法国古典作家。
④ 亨利·拉罗什雅克兰(1772—1794),法国大革命时期旺代叛乱的保王军贵族军官首领。

到底是谁杀了谁,到底是拉瓦锡①砍了迪穆里埃②的头呢,还是恰恰相反。这个帅小伙真诚地希望把我"培养成才",他跟我许诺他会这么做的。

但是他没空,也没有太多其他的条件来给我以教导。

少年人特有的轻浮和自私,使得他没有看到母亲的艰难和辛苦,他看不到他母亲是怎样绞尽脑汁、筋疲力尽地支撑着整个家。他的弟弟,一个沉默寡言、难以相处的中学生,就更没有觉察到这一点。而我早就对厨房里的经济学和化学现象了如指掌,那个女人不得不尽力养活她的两个儿子,还得捎带养活我这个相貌平平、举止粗鲁的外地年轻人。当然她分给我的每一块面包,都像石头一样压在我的心里。

我得找个活计,不管什么样的。每天,天一亮我就出门,到了晚上再回来,免得再蹭饭,碰到天气不好时就躲在荒地上的地下室里,坐在那听着风吹雨打的声音,闻着死猫死狗的味道,我突然意识到:上大学——只能是个梦,要是当初明智点的话我应该去波斯。

然后我把自己想象成一个须发皆白的法师,使个法术就能让麦粒长到苹果那么大,一个马铃薯有一普特③重。总之我为了这片土地,不仅仅是我一个人生活艰难的土地,幻想过很多于

---

① 安托万-洛朗·德·拉瓦锡(1743—1794),法国贵族、著名化学家、生物学家,近代化学之父。
② 夏尔·弗朗索瓦·迪穆里埃(1739—1823),法国大革命时期高级将领。
③ 旧时俄制重量单位,1 普特 = 40 俄磅 ≈ 16.38 千克。

民有益的事情。

那时我不时会幻想一些类似奇遇、建功立业之类的事情，在生活艰难的时候这些幻想对我很有作用，艰难的时候很多，所以我就更加擅长幻想。我并不寄希望于他人的援手或是好运的降临，我的意志在砥砺中更加顽强，头脑在磨练中越发灵光，生活越是困难我越觉得如此。很早我就懂得所谓成人，就是在对周围环境的抵抗中不断成长。

为了避免饿肚子，我常到伏尔加河边上的码头找活计，在那里挣个十五到二十戈比并不难。在那里，在扛大包的民工、流民、混混中间，我觉得自己像是被扔到燃烧的煤堆上的生铁块——每天我的头脑里都被烙上大量强烈而又热辣的印记。在那里那些家伙赤裸裸地追求物欲，贪婪而又粗鲁，他们像旋风一样在我身边打转。我喜欢他们那种对生活的憎恶，喜欢他们对世上一切都极尽讽刺和对自己毫不在乎的态度。我从前的经历使得我向往他们的圈子，并不由自主地投入其中。我曾经读过勃莱特·哈特①的以及大量"低级趣味的"小说，更使得我对这个阶层的人抱有亲近之意。

有一个职业小偷叫巴什金，曾是个师范学院的学生，现在患有肺结核，朝不保夕，他曾经鼓动我：

"你怎么像个千金小姐，老是畏首畏尾的，你怕失去贞操吗？

---

① 勃莱特·哈特（1836—1902），美国作家，写有关于淘金热中矿工、妓女、赌徒等角色的小说。

贞操是千金小姐的全部家当,可对你来说不过是个枷锁而已,公牛倒是喜欢守规矩,那是因为他已经吃好了干草。"

巴什金有一头棕红色的头发,喜欢像演员一样把脸刮得很干净,这个矮小的家伙动作轻柔矫健,像个猫一样。他以导师和保护人自居,又待我很好。我能看出来,他是真心希望我会有所成就并能幸福地生活。他很聪明,喜欢读书,尤其喜欢《基督山伯爵》①。

"这是本好书,里头既有人生的真谛,还有人间的真情。"

他很喜欢女人,说起女人来简直是津津乐道、眉飞色舞,那瘦弱的身躯甚至跟着痉挛起来。这种病态的痉挛让人生厌,然而我还是会被他的话所吸引,觉得他的话精彩生动:

"娘儿们啊,娘儿们,"他说这话时带着一种唱腔,蜡黄的脸上泛起了红晕,黑眼珠里冒出激赏的光芒,"为了娘儿们我什么都能做,娘儿们就像魔鬼,根本不知道什么是罪孽!活在世上,没有比爱上娘儿们更让人开心的事了。"

他是个很会讲故事的人,并且可以轻而易举地帮妓女们编出一些有关不幸爱情的俚曲,他的歌传遍伏尔加河沿岸的各个城市,其中有一首广为流传的歌是这么唱的:

> 我家里很穷,我长相普通,
> 衣食无影踪,就因为这样,

---

① 法国作家大仲马的世界名著。

我夫婿难寻哦……

有一个混黑道的叫特鲁索夫,他待我也很好,这个人品貌端正、衣着考究,有着琴师般细长的手指。他在船厂区有个铺子,挂着"钟表匠"的招牌,干的却是销赃的活。

"彼什科夫,你可不要去干那些偷鸡摸狗的事情,"他一边故作庄重捋着花白胡须,一边跟我说,"我能看出来,你不是这条道上的,你是个有境界的人。"

"有境界是指什么意思?"

"有境界的人,就是对什么都不会羡慕的,仅仅好奇而已……"

这么说我也不对,其实我对很多人和事都是很羡慕的,比如说巴什金讲话时那奇妙的宛如诗歌一般的调子,与众不同的比拟和用词,他说话的本事令我惊羡不已。我记得他有一个关于爱情的故事是这么开头的:

"那是十月份,正是秋天的时候,在一个漆黑的夜晚我正待在偏僻小城斯维亚日斯克的旅馆里,就像只伏在树洞里的猫头鹰,外面凄风苦雨,就像受了伤害的鞑靼人在哀怨地唱着长调:喔……喔……喔……呜……呜……呜!

"这时候,她来了,脚步轻盈,仿佛旭日东升时的云彩,带着貌似纯洁的眼神。'亲爱的,'她的声音带着诚恳的味道,'我没对不起你。'我知道她在扯淡,却愿意相信这是真话,我的头脑明白得很,但是心里却没办法接受。"

他说这话时还摆动着身体，眯着眼睛，不时摩挲着胸口。

他的嗓音沙哑低沉，讲出来的话却引人入胜，就像是夜莺在歌唱。

我也羡慕特鲁索夫，此人讲起西伯利亚、希瓦和布哈拉的事情来非常地生动有趣，有时还会嘲讽高级教士的生活。有一回他竟然神神秘秘地讲起沙皇亚历山大三世："这位沙皇做事倒是挺称职的。"

我觉得特鲁索夫很像小说里写的一种"恶人"，到小说结尾处，出人意料这些"恶人"竟变成了宽宏大度的好汉。

有时候，在闷热的晚上，这些人会涉过喀山小河到对岸的草地和灌木丛里。在那里人们一边吃吃喝喝，一边说着各自的事情，多数是说说生活的纷繁杂乱，人和人之间的纠葛之类，说得最多的是女人。他们总是带着不满和忧伤的情绪说起女人，有时候说得动人心神，似乎带着这样一种情感，仿佛要看透那充满坎坷和未知的黑暗世界。在星光黯淡的夜色里，我跟他们在柳丛密布的闷热洼地里一起待了两三宿。这里临近伏尔加河，湿气很大，船桅上的灯火宛如一只只金色的蜘蛛爬向四面八方。在黑漆漆的石头河岸上闪耀着一团团成串的灯光，这是阔气的乌斯隆村里的饭店、旅馆和村民住宅窗户里发出的灯光。轮船的桨片隆隆地打在水面上，船工们在驳船上像狼一样地号叫，哪个地方有人用铁锤敲打着铁板，还拖长腔在那里凄哀地唱歌，歌声倾诉着忧伤，给人们的心上倍添愁绪。

让人愁上浇愁的是听这些人窃窃私语——他们对人生充满思索,各讲各的事情,却几乎没有人倾听他人的心里话。他们在灌木丛里或坐或躺,抽着烟卷,偶尔小酌一口伏特加和啤酒,然后沉入对往事的回忆中。

"你瞧,我碰到过这么个事。"夜色中,有个趴在地上的人说。

听过他讲的事,人们都赞同地说:

"常有,常有这种事……"

"过去有过。"

"经常会有。"

"曾经有过。"

听到这些话我觉得这些人已经过到日子的尽头了,什么都曾发生过,再没有什么值得期待的了!

这使我和巴什金、特鲁索夫他们疏远起来,但我仍然喜欢他们,从我既往的经历来看,我跟他们走到一条道上是自然而然的事情。我要上大学和跻身上层社会的理想破灭后,又自动跟他们亲近起来。在饿肚子、受气、发火的时候,我觉得自己绝对会参与一些犯罪活动,而不仅仅是反对"神圣的私有制度"。可是,年轻人的浪漫主义情怀使得我不可能脱离自己将要走的路。彼时,除了勃莱特·哈特和一些低级趣味的书,我还读过很多严肃读物,这些书本激励我去追寻一些模糊的东西,这些东西比我所见过的一切都更具重大意义。

在这段时间,我又结识了几个人,获得一些新的观感。一群中学生经常到叶夫列伊诺夫家边上的空地上玩击木游戏。中间有个叫古甲·普列特尼奥夫的中学生让我特别注意,他皮肤发黑,头发蓝幽幽的,很像日本人,脸上全是雀斑,跟抹了火药一样。他总是很开心,游戏玩得不错,也会讲俏皮话,身上有着很多天才的禀赋。他跟很多有天赋的俄罗斯人一样,靠天赋吃饭,不会去想着怎么提高自己的才干。他听觉敏锐,有着出色的音乐鉴赏能力,爱好音乐,能够像专业琴师那样演奏古斯里琴①、巴拉莱卡琴②和手风琴,却不想去学更高难的乐器。他很穷困,破衣烂衫,可是那皱巴巴的衬衫,打满补丁的裤子以及底都磨出洞来的靴子,又跟他那豪爽的性格、健壮的体魄、利落的动作和大幅度的手势十分相称。

他就像个久病初愈的病人或是刚从牢里出来的犯人,生活中一切对他都那么新鲜、赏心悦目,让他感到快乐,就像上蹿下跳满地乱飞的炮仗。

他得知我生活困难没有着落,就建议搬到他那里,将来争取当个乡村老师。于是我搬进"马鲁索夫卡"这个奇特而又快乐的贫民窟,可能不只一代的喀山大学生都晓得有这么个地方。这座年久失修的大房子位于雷布诺里亚德街,就像是饥饿的大学生、娼妓和幽灵般无用的穷苦人从房东那里抢过来的一样。

普列特尼奥夫住在走廊到阁楼的楼梯下,那儿放着他的一

---

① 俄罗斯民间乐器,声音类似于扬琴、古筝。
② 俄罗斯民间乐器,一种三弦琴,又称三角琴。

张单人床,走廊顶头的窗子边上摆着一张桌子、一把椅子,这就是他的全部家当。这条走廊连着三个房间,两个房间住着妓女,第三个房间住着个得肺痨的神学院学生,从事数学研究。他长得很高很瘦,模样可怕,身上长着红色的毛发,肮脏的衣服堪堪蔽体,衣服的破洞里露出发青的皮肤和嶙峋肋骨。

他似乎靠啃指甲过日子,把指甲都啃出血了。他日夜不停地画图运算,不断咳嗽,发出古怪的声音。妓女们都很怕他,认为他是个神经病,但是出于同情,她们不时会在他门口悄悄放点面包、茶叶和糖,他就把这一包包东西捡起来,像匹劳累过度的马似的喘着粗气拿回屋里。要是她们忘了或因为其他缘故没有给他送礼物,他就打开房门,朝着走廊嘶哑地叫道:"拿点吃的来!"

在他眼眶深陷的黑眼睛里,闪烁着狂热者骄傲且自命不凡的光芒。有个长相丑陋、个子矮小的驼背偶尔会来看看他,这个人头发花白,一条腿脚往外拐,肿大的鼻头上架着副高度近视眼镜,阉割派①教徒般苍黄的脸上挂着狡黠的微笑。他们关紧房门在古怪的安静中待上几个小时,有一次深夜里,这个数学家嘶哑的怒吼把我惊醒了,"叫我说,这就是个大牢!几何就是个笼子,就是!是老鼠笼,就是大牢!"

丑八怪驼子,尖声嘻嘻哈哈的,不停地说着莫名其妙的话。数学家则吼叫着:"你给我滚,滚!"

---

① 俄罗斯十八世纪一个东正教派别,认为人的肉欲有罪,应当实行阉割。

他的访客跑到走廊里,一边嘟囔着尖叫怒骂,一边裹着宽大的披风,这时可怕的瘦高个儿数学家站在门口,手叉着乱蓬蓬的头发,声嘶力竭地喊道:"欧几里得就是个笨蛋!笨——蛋!我可以证明神比这个希腊佬聪明多了!"

他进去摔上门,结果把什么东西给震掉下来了。

不久我得知,此人打算用数学证明神的存在,但他还没来得及完成这件事就呜呼哀哉了。

普列特尼奥夫在一家印刷厂上夜班,做报纸校对员,一夜拿十一戈比的薪水。假如我没能出去干活挣钱,那么我们一天一夜只能享用四俄磅①面包,两个戈比的茶和三个戈比的方糖。我没有太多时间去干活,因为我还要学习。我正费尽心力地学习各门功课,那些呆板拘谨需要死记硬背的语法尤其让人头疼,我根本没办法把灵活多变、生动活泼的民间俄语套进僵化呆板的语法框架里。然而没多久我就很高兴地发现,我现在学习这个有点"为时过早"了,即便我能通过乡村教师资格考试,因为年龄过小,也没法得到教师职位。

普列特尼奥夫跟我睡同一张床,我晚上睡,他白天睡。他得干通宵的活,彻夜不眠令他非常疲倦,脸色发乌,眼泡浮肿。每天清晨他回来的时候,我赶紧去小馆子打开水,我们没有茶炊——这是自然的了。接着我们坐在窗口喝茶吃面包。古里给我讲报纸上的新闻,朗读署名"红色多米诺"的酒鬼散文家

---

①　1俄磅约为409.5克。

的讽刺诗。古里的游戏人生的姿态让我很吃惊,我觉得他对人生的态度就跟他对待那个买卖女式旧衣兼做皮条客的肥婆加尔金娜一样。

他从这个女人那里租下楼梯间,但是他付不起房租,就讲笑话,拉手风琴,唱好听的歌来代付房租。唱起男高音时,他的眼神里流露出嘲弄的意味。加尔金娜这个女人年轻时在歌剧院合唱团待过,倒是有一定的歌曲欣赏水平,常常会非常感动。从那不知廉耻的眼睛里流出的泪水,滚到这个贪杯好吃的女人浮肿发青的脸上,她用肥嘟嘟的手指揩去脸颊上的眼泪,然后拿出一块污浊的手帕认真地擦拭手指。

"呀!古罗奇卡①,"她赞叹道,"您真是个艺术家!要是您再俊一点——我会让您交好运的!我已安排了不少青年小伙去给闺房寂寞的女人解闷呢。"

有这么一位"青年小伙"就住在我们顶上,他是个大学生,毛皮匠人的儿子。小伙子中等身材,胸膛很宽,下身细长,整体像个倒置的三角,就是这个顶角稍微折了一点——大学生的脚比较小,跟女人的脚似的。他的头也有点小,整个凹在肩胛里,头上顶着一片火红的硬发,脸色苍白没有血色,一对绿眼珠向外凸瞪,流露出忧郁的气质。

他违背父命,像个丧家犬似的忍饥挨饿,颇费周折才念完中学得以升入大学读书。而后他发现自己嗓子不错,能够唱出柔

---

① 古里的昵称。

和、低沉的男低音,又决定去学唱歌。

加尔金娜利用他这一点,安排他去陪自己的一个客户。这位客户四十多岁,是个有钱的商人的老婆,有一个读大三的儿子和一个快中学毕业的女儿。这位商人妇很瘦,身材扁平,腰杆跟士兵一样挺得笔直,表情冷漠得就像个禁欲的修女,黑眼圈很重,灰色的大眼珠凹陷明显。她常身着黑衣,扎着老式丝绸头巾,耳朵上挂着一对绿宝石耳坠。

这位商人妇经常在夜里或清晨过来找她的大学生,我不止一回看到这个女人蹿进大门,步履坚定地走进院子里。她的脸色很吓人,紧咬着嘴唇几乎都看不到嘴巴,睁大眼睛以一种逆来顺受的神情朝前看,这副模样就跟个睁眼瞎似的。虽然不能说她丑,但是那股紧张劲很明显,这股紧张的情绪绷直了她的身体,压抑着她的面容,使她看起来很不好看。

"看啊,"普列特尼奥夫说,"真是个女痴子!"

大学生很厌烦这个商人妇,老是躲避她,而她却像个没有同情心的讨债鬼或者特务,总是紧盯他不放。

"我脸皮很薄,"他喝了酒后悔地说,"干吗要学唱歌啊,凭我这副模样,人家也不会让我上台的!"

"那就把这桩事了了吧!"普列特尼奥夫劝他。

"你说得对,但是我可怜她!我受不了她,却又可怜她!如果你们知道她是怎么回事……唉……"我们早知道了,因为一天夜里我们听到这个女人站在楼梯上,低声颤栗地哀求:

"看在神的分上……亲爱的心肝宝贝，看在神的分上好吧！"

她是个大工厂主，拥有很多不动产和骏马，给产科学校捐过成千上万的卢布，可她却像个叫花子一样向男人乞求爱的施与。

吃过早茶，普列特尼奥夫去睡觉，我便会出去打零工，要很晚才能回来，这时候他又要去印刷厂干活了。假如我能带点面包、香肠，或者煮下水①，我们就一人一半，他带自己那份去上班。

光剩我一个人时，我就游荡在马鲁索夫卡的各个角落和走廊之间，看看我的新邻居们过得怎么样。这所大房子里塞满了人，简直就像个蚂蚁窝一样拥挤。房子里到处弥漫着一股馊霉味，似乎每个角落都隐藏着对人充满仇恨的阴影。从清晨到午夜，这里总是嘈杂不宁，女裁缝们的缝纫机不停地响着，轻歌剧女伶们在吊嗓子，那个大学生低声地练着音阶，像个疯子似的酒鬼男演员大声地诵读台词，喝醉的妓女们歇斯底里地狂嚎——看到的这一切很自然地使我产生一个无法回答的疑问：

"这一切为什么会是这样？"

在这个房子里有一个人，人送外号"红毛马"。他谢顶，头上长着一圈红头发，颧骨突起，肚大，腿细，嘴巴很大，牙长得跟马似的，外号就是从牙上来的。他整天跟这帮饥肠辘辘的年轻人混在一起，无聊地胡扯。他跟他一帮亲戚——辛比尔斯克的商人们打官司，已经第三个年头了。

---

① 下水，猪牛羊的内脏。

"我是不想过了,但是肯定要把他们弄得倾家荡产!把他们都搞成叫花子,过三年讨饭的日子,然后呢再把打官司赢来的东西还给他们,还要奉送两句话,怎么样,你们这群魔鬼,知道我厉害了吧?"

"红毛马,这就是你的人生目标吗?"有人问他。

"我苦心孤诣,劳精费神就为这桩事,除此以外什么都不管!"

他整天就是在地区法院、高等法院和他的委托律师之间来回折腾。他晚上经常乘马车带回来大堆的吃喝玩意儿,在他那间地板不平,天花板也快塌了的房间里搞聚会,把学生们、女裁缝们……凡是想吃顿饱饭喝点小酒的人都叫过来。红毛马自己只喝朗姆酒①,这种酒洒到台布上、衣服上,甚至地板上,都会留下洗刷不掉的暗红斑点。他喝过酒后叫喊起来:

"鸟啊,亲爱的小鸟!我喜欢你们!你们都是实诚人,我是个坏蛋,一条鳄鱼!我要毁掉我的亲戚们,一定会的!我不想活了,可是……"

喝醉的红毛马痛苦地眨巴着眼睛,那张颧骨高高的丑脸上满是泪水。他用手把眼泪从脸上抹去,在膝盖上擦了擦,他肥大的裤管上总是油渍麻花。

"你们的生活是什么样子呀?"他叫道,"吃不饱,穿不暖,衣衫褴褛——难道这就是王法吗?这种日子怎么学习?唉,要是

---

① 用甘蔗酿的一种酒。

沙皇知道你们的日子是怎么过的……"

跟着他从兜里掏出一大把花花绿绿的票子,问道:

"弟兄们,谁要钱,拿去吧!"

合唱团女伶们和女裁缝们全都贪婪地从他手里抢钱。他笑着喊:

"这钱不是给你们的,是要给学生们的。"

但学生们都不动他的钱。

"让你的钱下地狱吧!"毛皮匠的儿子生气地吼着。

有一天他自己也喝醉了,把一叠十卢布面额的钞票捏成一团,拿到普列特尼奥夫这儿往桌上一扔,说道:

"这钱你要吗?我不要了。"他躺在我们的床上一边叫喊,一边哇哇大哭,我们不得不喂他喝水,给他头上浇水,好叫他醒酒。他睡着后,普列特尼奥夫想把钞票分开来,可是不行,必须用水浸湿后才能一张张分开。

红毛马的房间窗户正对着隔壁人家的石墙,房间里烟雾弥漫污浊不堪,非常逼仄憋闷,还老是纷乱嘈杂,这些让人很是嫌烦。红毛马叫得比谁都响亮。

我问他:"您怎么不住在旅馆里,偏偏住这呢?"

"就为了心里舒坦!跟你们在一起我觉得暖融融的……"

毛皮匠的儿子表示赞同,他说:"红毛马,你说得没错,我也是这么认为的,要是我住在其他什么地方,可能早就死翘翘了……"

这个时候，红毛马请求普列特尼奥夫："弹个曲子，唱唱吧……"

古里把古斯里琴放在膝盖上，边弹边唱：

红红的太阳，升起来吧，快点升起……

他的歌声委婉低沉，直扣人心，房间里静了下来，大家都沉浸在饱含悲情的歌词与优美柔和的古斯里琴声中。

"唱得真好啊，真棒！"那个倒霉的商人妇面首喊道。

在这所房子古怪的住户们中间，古里·普列特尼奥夫机灵聪慧，天生就能给人带来乐子，就像是神话故事里美好的精灵。他年轻气旺活力四射，总是有各种戏谑的笑话，优美的歌曲；他对世上的陈规陋俗极尽讥讽，敢于揭穿生活中荒诞的假象，像火一样照亮了人们的生活。他年仅弱冠，表面看上去就是个大男孩，可这所大房子里的人都把他当作排忧解难、扶危济困的人。好人喜欢他，坏人敬畏他，就连那个老岗警①尼基福雷奇见到他，都会用那种狐狸式的微笑跟他打招呼。

马鲁索夫卡大院就在上山的路边上，它连着两条街：雷布诺里亚德和老戈尔舍奇纳。尼基福雷奇的岗亭就在老戈尔舍奇纳街尾离我们大门不远的地方。

尼基福雷奇这个瘦高个儿老头是我们这一带的警长，胸前

---

① 帝俄时代在十字路口岗哨上值勤的警察。

挂满各式各样的奖章,他的脸看起来很聪明,笑起来很亲切,可眼神很是狡猾。

他很关注这个龙蛇混杂吵吵闹闹的大杂院,一日数次穿戴整齐地出现在这个院子里,慢条斯理地走来走去,就像动物园守护员查看笼中野兽一样,打量着每个房间的窗户。就在这个冬天,他从其中一个房间里逮捕了士兵穆拉托夫和独臂的军官斯米尔诺夫。他们都得过圣乔治十字勋章,参加过斯科别列夫①率领的阿哈尔捷金远征。② 还有佐布宁、奥夫相金、格里戈里耶夫、克雷洛夫,以及其他一些人都被捕了。他们谋划办一个地下印刷厂,斯米尔诺夫和穆拉托夫为这事青天白日在礼拜天到市中心的克柳奇尼科夫印刷厂偷铅字,结果事发被抓了。后来有一天夜里,宪兵们又在马鲁索夫卡抓走一个高个子,这个人总是一副生人勿近的模样,我送过他一个外号"活钟楼"。第二天早上古里知道这事后气急败坏,直挠他那一头黑发,跟我说:

"马克西莫维奇,这真是出鬼了!得你跑一趟了兄弟,快去……"

他跟我说好要去什么地方后,又叮嘱:"要小心,可不能疏忽大意!那里没准会有特务……"

能担负这个秘密使命我很兴奋,就像个燕子飞一般地飞到

---

① 米哈伊尔·德米特里耶维奇·斯科别列夫(1843—1882),俄罗斯军事家,中亚征服者。
② 斯科别列夫在1880年指挥的土库曼侵略战。

船厂区。到了那我找到一家铜器作坊,里面光线很差,我进去后看见一个卷头发、眼珠特别蓝的小伙子,他正在补锅,样子不像是工人。角落里有个矮老头,白头发用皮带扎着,正在台虎钳后面弄一个水龙头。

我问这个铜匠:

"你们这里有活儿吗?"

矮老头气哄哄地答道:

"有我们的活儿,没你的活儿。"

那个小伙子抬头匆匆看了我一眼,又把脑袋移到锅子上面。我轻轻踢了下他的脚,他那双蓝眼珠子瞪向我,又惊又怒地盯着我,一手抓住锅把子,就像要摔过来一样。看到我给他打眼色,他又平复下来,说道:

"外边去,外边去……"

我又给他打了次眼色,然后走出门站在街上,卷发小伙也挺直了腰跟出来,点了支烟一声不吭地盯着我。

"您是吉洪吗?"

"嗯,我是。"

"彼得被抓起来了。"

他恼火地皱起眉头,眼睛盯着我。

"哪个彼得被抓起来了?"

"高个子,有点像教堂的助祭的那个。"

"啊,就这个吗?"

"彼得,教堂助祭什么的跟我有什么瓜葛?"铜匠问道。他反问的语气使我确信,他压根就不是什么工人。我跑着回去的,路上我很自豪,因为我已经可以完成别人的托付了。这是我头一回接触"地下"活动。

古里·普列特尼奥夫和他们走得很近,我恳求他介绍我参与这些圈子里的事,他回答我:"兄弟,你还小呢!先学好文化……"

有一次,叶夫列伊诺夫介绍我结识一位神秘人物。跟他见面的过程非常复杂,因为采取了很多防范措施,让我感觉气氛非常严肃。叶夫列伊诺夫把我带到城外的阿尔斯克原野,一路上告诫我要谨慎,对此次见面要严格保密。到了地头,叶夫列伊诺夫朝四周看看,指着远处旷野里一个正慢步走动的灰色身影,小声对我说:"那个就是,跟过去吧,等他停下来你就上去说,'我是新来的……'"

参加地下活动总是令人愉悦,可是这回却让我觉得有点搞笑,烈日酷暑的大白天,孤单单一个人,像根草茎似的在原野上飘荡,除此以外啥都没有。走到那个墓园的大门边上,我才赶上他。我面对的是个青年,瘦巴巴的小脸上长了双小鸟一般的圆眼睛,目光严厉。他穿着一身中学生穿的灰大衣,本来铮亮的金属扣已经掉了,换上几个黑色的骨质扣子,旧学生帽上面还有帽徽的印子。总之这个人身上给人感觉是过早地丢掉了什么,好像他急于证明自己已然是个成熟的成年人。

我们坐在坟墓中间浓密的灌木丛阴影下，此人讲话呆板乏味故作正经，我一点也不喜欢他。他严肃地问我读过哪些书，要我参加他建立的一个小组，我当场赞同，然后我们各走各的。他前面先走，不停地向荒凉的原野东张西望。

参加这个学习小组的还有三四个年轻人，我是当中最小的，当时根本对约翰·斯图亚特·穆勒的原著和车尔尼雪夫斯基①对此的评注一无所知，完全没有任何准备。我们经常在一个叫米洛夫斯基的师范生家里聚会，此人后来以"叶列翁斯基"这个笔名发表过一些微型小说，他写了五本书后居然选择自杀，我曾看到很多人就这么轻易放弃了自己的生命。

米洛夫斯基是个寡言少语、谨言慎行、思想保守的人。他住在一所肮脏的房子的地下室里，为了保持"手脑一致"，也做些木工活。跟他在一块很无聊，穆勒的书对我也没啥吸引力，我很快就发现这些经济学基本原理，我早就熟悉得不得了，从我的亲身经历里边我早就悟到了这些道理。我认为凡是为别人的幸福和安逸卖过力气的人都应该很清楚这些道理，压根儿就没必要为此用一些佶屈聱牙的字眼写出厚厚的一本书来。对我来说是活受罪，在这个鬼地方挨上三四个小时，闻着地下室里刺鼻的胶水味，眼看着虫子们在墙上踉踉地爬来爬去。

有一回授课老师来迟了，我们以为他不过来了，就买了瓶伏

---

① 尼古拉·加夫里诺维奇·车尔尼雪夫斯基（1828—1889），俄罗斯哲学家、作家、革命家，民粹主义创始人之一。

特加、一点面包和黄瓜,开起了小小的酒会。突然老师的灰裤腿在地下室的窗前闪过,我们刚手忙脚乱地把酒瓶藏到桌肚底下,老师已经来到我们眼前,开始讲解车尔尼雪夫斯基的高深的结论。我们跟木头人一样,一动也不敢动,生怕谁不小心碰翻了酒瓶,结果倒是老师把酒瓶碰翻了,他只是朝下瞥了一眼,什么也没有说,唉,他要是能骂两句反倒还好些。

他闭口不言表情严肃,气恼地眯起眼睛。我觉得非常丢人,斜眼瞥了下同伴们的脸,一个个面红耳赤。尽管不是我提议去买伏特加的,但是在这位传道授业的先生面前,我有一种违逆他的罪恶感,心里面很是内疚。

这些课听起来索然无味,我很想离开这儿到鞑靼区,那里的人们淳和善良,他们的日子过得独特而又单纯。他们的俄语带着一种荒腔走板的可笑口音,每天傍晚讲经师古怪的声音就从清真寺的高塔上召唤人们去做祷告。我认为鞑靼人过的是另一种日子,是我所不熟悉的,跟我所了解的让人难受的日子不一样。

我同样眷恋着伏尔加河,眷恋着河上劳动生活动听的乐曲,劳动生活的乐曲之美至今想来还是令人陶醉。我清晰地记得那一天,我头一次领会到劳动所洋溢的雄壮美感。

那天有艘载满波斯物产的大货船在喀山附近的河面上触礁后船底破了,船搁滩了。码头搬运工班组的搬运工带我去驳货。正好是九月的时候,上游吹来一股狂风,灰色的河面上波涛汹涌,狂风卷着大浪,天上还下起了雨。搬运工班组有五十个人左右,他们披着粗席或是帆布,站在空驳船的甲板上苦着脸,一艘小火轮吐着粗气,不断甩出一团团红色的火花拖着这条驳船在风雨里向前开去。

已是黄昏时分,河面上的天空开始变得越来越暗。搬运工们抱怨、骂街,咒骂这凄风苦雨,咒骂着日子难熬,他们懒懒散散、蹑手蹑脚地在甲板上晃荡,徒劳地想找个能避风雨的地方。我估摸着是不能指望这帮家伙把那一船快要沉掉的货物给救出来了。

到了货船搁滩的地方已经是将近半夜了,大伙把空驳船跟搁滩的货船靠帮。这伙搬运工的工头是个鹰钩鼻子、长着鹰眼、满脸麻子、一嘴粗话的老头,这人看起来一脸奸相,很是凶恶。他把湿漉漉的帽子从秃头上拿下来,像个女人似的尖声喊道:

"兄弟们,祈祷吧!"

搬运工们在昏暗中,聚成黑黢黢的一片瓮声瓮气地嘟囔起来,工头率先祈祷结束,又尖声大喊:

"亮灯!喂,把你们的本事显出来,好好干,小子们!神来保佑,开工!"

于是这帮萎靡不振、浑身湿透的家伙开始"显本事"了。他们像打仗一样纵身跃到那艘快要沉没的货船上,下到舱里,伴着吆喝声、喊叫声,还有人在开玩笑。在我四周大包大包的大米、葡萄干,还有成捆的皮革、羊羔皮,像羽绒枕头一样轻飘飘地飞起来，粗壮的身影在身边跑来跑去，彼此相互喊着、吹口哨、斥骂、打气。简直让我目瞪口呆。这些人刚才还在那愁眉苦脸怨天尤人，拖拖拉拉半天挪一步的，现在居然这么开心地干活了，还那么爽利。这时候雨变得更大了，气温下降，风也是越来越大。狂风掀开人们的衬衫，把衣服的下摆吹到头上露出下边的肚子。在湿气弥漫的黑暗中，在六盏灯笼微弱的灯光下，一个个黑影在甲板上飞一般地穿梭，踩得甲板砰砰作响。他们干得非常起劲，就好像他们对于干活是久旱逢甘霖；他们乐在其中，把四普特重的米口袋从一个人手中甩到另一个人手上，扛起大包就跑。他们像孩子痴迷于游戏一样地干活，是那么开心那么投入其中，仿佛除了怀抱女人之外再没有比这更甜蜜的事了。

　　一个留着胡子的高大汉子，穿着一件收腰碎褶长风衣，浑身上下湿透了，滑溜得很，估计是货主或管事之类的，他激动地狂喊：

　　"小伙子们，我奖励一桶酒！好伙计们！两桶也行！加紧干啊！"

　　黑暗里好几个方向有人扯着嗓门大喊："来三桶哇！"

　　"三桶行啊！加劲干啊！"

　　本就热火朝天的场面更加火爆了。

　　我也过去，抓起大包扛上就跑，丢下大包又跑过去，再抓起大包。我感觉我和四周所有的人都在狂舞一样，好像大伙能够这么不惜体力、不知疲倦，非常快乐地一直拼命干下去，就好像他们能够伸手抓到城里的一个个钟楼、塔楼,想把整座城搬到哪就搬到哪。

这一夜我开心无比,从没这么酣快过!真想一辈子就这样疯疯癫癫、高高兴兴地劳动,这个念头在我心里明亮起来。船舷外浪头高起,河面上狂风呼啸,在清晨灰色的薄霭中人们打着赤膊,浑身上下没一处干的,马不停蹄地跑来跑去,叫着,笑着,激赏着自己的力气和劳动成果。这时候密布的乌云被风吹散开,露出一小块湛蓝的天空,粉色的阳光从中间透过来。这帮子快活的"禽兽"抖着可爱的脸上潮湿的胡子,迎着太阳齐声欢叫。这帮干起活来机灵十足、忘我投入的"两脚兽"让人不禁想拥抱和亲吻他们呢。

没什么东西能够阻挡人们干活的兴奋劲头,这股劲头能够创造世上的奇迹,就像神话故事一样一夜之间能修出遍布世界的宫殿和城市。太阳只在辛劳的人们面前晃悠了一两分钟,阳光便又被厚实的乌云遮住,就像大海上落水的娃娃又淹没在厚厚的云层里。雨越来越大,变成了滂沱大雨。

"歇会儿吧!"有人叫了一声,可人们怒吼:

"歇你的去吧!"

这些汉子打着赤膊冒着大雨和狂风,一直干个不停,直到到下午两点把所有货物驳完结束。这次经历让我明白世上有这样一种强大的力量,这种力量让人钦佩!

随后人们回到小火轮上,很快就跟喝醉酒一样都睡着了,船到喀山码头,他们宛如泥流泄向沙滩,蜂拥向小酒店喝那三桶伏特加去。

小偷巴什金也在那家小酒店,他走到我面前好好看了看我,问:"他们带你干吗去了?"

我抑制不住兴奋跟他谈起干活的事情,他听完之后,叹口气,鄙夷地说:"傻子,真是傻子,你就是个白痴!"

说过这话,他就吹着口哨,像条鱼似的摇晃着身体穿过桌子之间的空隙走了。这时搬运工们正兴高采烈地喝着酒,欢歌笑语不绝于耳。墙角边有人用男高音唱起下流的调子:

啊呀呀,正是深更半夜时分,
有个太太来到花园里面,
来到花园里会情郎!

突然十来个声音声震屋梁地一齐吼开,还用手拍桌子打起拍子来:

打更人啊,巡逻到这呀,
看见太太仰面躺呀……

小酒店里人声鼎沸,有人人声在笑,有人吹着口哨,好多人不顾脸面地说着下流话,可能世上都没有比这更下流的话了。

第二章

有一天有人介绍我认识开杂货铺的安德烈·杰连科夫,他的铺子位于一条偏僻窄巷的尽头,下面是一条堆满垃圾的深沟。

杰连科夫有条胳膊肌肉萎缩,他面色温和,胡须颜色不深,有一双饱含智慧的眼睛。他的藏书室在全城是数得着的,里面藏有不少禁书和珍本,喀山很多学校的大学生和有革命情怀的人被吸引至此。

杰连科夫的杂货铺是一所小平房,毗连某个银钱兑换商的宅子,此人系阉割派教徒。杂货铺有扇门通向一个大房间,这间房子采光很差,只有一个朝院子的窗户,这间房跟小厨房连着。两个房子中间是阴暗的过道,过道的角上隐蔽着一个储藏室,那个地下图书室就藏在这个储藏室里。这个图书室里有一部分书是手抄本——用钢笔抄在厚厚的作业本上。这些手抄本有拉甫罗夫[①]的《历史信札》,车尔尼雪夫斯基的《怎么办》,皮萨列夫[②]的一些文

[①] 彼得·拉甫罗维奇·拉甫罗夫(1823—1900),俄罗斯哲学家、政论家。

[②] 德米特里·伊万诺维奇·皮萨列夫(1840—1868),俄罗斯评论家、民主革命者。

章,还有《沙皇就是饥饿》《巧妙的圈套》等,所有手抄本都被翻烂了。

我头一次来到杂货铺时,杰连科夫正在照应顾客,他朝我点头,示意连着大房间的那扇门,我走进去看见昏暗的墙角里,有个长得跟谢拉菲姆·萨罗夫斯基①画像似的小老头正跪着做祈祷。我看着这个小老头,觉得很不对劲。

因为人家跟我说杰连科夫是个"民粹派",而在我的印象中"民粹派"就是革命者,而革命者是不应该信奉神的。我觉得这个向神祈祷的小老头出现在这样的家庭里纯属多余。

他祈祷完毕,摩挲下发白的头发和胡须,仔细打量了我一下说:

"我是安德烈的父亲。您是哪位?原来是您啊,我还以为是哪个化了装的大学生呢。"

"为什么大学生要化装呢?"我问。

"嗯,是啊,"老头轻声回答道,"不管化装成什么样子,神总是会认出来的!"

他走进厨房,我坐在窗户边上发起呆来,突然听到有人叫道:"他平常就是这样子的。"

靠着厨房的门口站着一个白衣女子,头发短短的,发色很浅,她苍白虚浮的脸上有一双蓝蓝的眼睛正闪耀着笑意,很像是

---

① 谢拉菲姆·萨罗夫斯基(1760—1833),东正教圣徒,生前为萨罗夫斯基修道院修士。

便宜的石印画上的天使。

"您干吗要吃惊呢？难道我很可怕？"她尖细嗓音稍带点颤抖地说。姑娘手扶着墙小心翼翼地向我走过来，就像脚下不是地板而是摇晃着的悬空钢丝绳一样。她看起来连路都不会走，就更不像是尘世中人了。奇怪的是她的手指都动弹不得，整个身子打着颤好像有无数钢针刺进了她的脚掌，那孩子般浮肿的手就像被墙壁烫着了一样。

我默默地站在她面前，感觉到一阵奇怪的心悸和由衷的怜惜。在这个昏暗的房间里，一切都是那么不同往昔。

这位姑娘坐在椅子上，小心翼翼得好像这把椅子会从她身下飞走。她坦率地告诉我（一般人不会这样做），她能走动才四五天时间，在此之前手脚不能动弹差不多卧床三个月。

"这是一种神经官能方面的疾病。"她笑着跟我说。

我当时非常希望能是另一种原因导致这位姑娘的身体状况，这么一位人物住在这么一间奇怪的屋子里，怎么能是简单地得了什么神经官能方面的疾病？这房间里的所有物件都好似怯生生地依偎在墙壁上，墙角圣像画前挂着的那盏长明灯亮得有些晃眼，长明灯吊链的影子在大餐桌的白色台布上晃来晃去。

"别人对我说过很多您的事，因此我就很想看看您的样子。"我听到的是孩童般尖细的声音。

这姑娘用一种让人坐立不安的眼神看着我，从她那双蓝蓝的眼睛里我能看到一种洞彻心底的眼神。面对着这样的女孩子,我不会也不能说话了,只得安静地看着赫尔岑、达尔文、加里波第等人的画像。

铺子里突然跑出来个跟我差不多大的年轻人,他一头浅色头发,很无礼地瞪着眼睛沙哑地叫道:"玛丽娅,你怎么爬出来了?"话音刚落地就跑出厨房了。

"这是我弟弟阿列克谢。"姑娘说,"我——在产科学校念书,后来病了。您怎么不吱声,您——很害羞吗?"

安德烈·杰连科夫走了进来,他把肌肉萎缩的那只手揣到怀里,摸了摸他妹妹柔软的头发,把那秀发都给弄乱了,然后问我想找什么事做。

跟着一会儿又进来个红色卷发的女孩子,这个身材很好的女孩用她那双绿眼珠子瞪了我一眼,扶着白衣女孩的胳膊说道:"差不多了,玛丽娅!"接着就把她带走了。

用这种成年妇女的名字来称呼一位年轻小姑娘是不对的,太粗鲁了。

我也离开了杂货铺,心神不宁。第二天晚上我又拜访了这所房子,希望弄清楚他们过日子的情形,他们的生活真有点古怪。

那个友善的小老头斯捷潘·伊凡诺维奇,坐在墙角笑眯眯地看着我,他皮肤白得近乎透明,发乌的嘴唇微微动了动,仿佛在客气地说:"请别来打搅我!"

他跟个兔子似的惶恐不安,我清楚地看出来他那样子就好像已经预见什么厄运的降临。

一条胳膊残疾的安德烈穿一件灰色的裰子，正面满是沾满污油和面粉之类混到一起的灰垢，就像老树皮。他跟个做错事被原谅的小孩子一样尴尬地笑着，斜着身体在屋子里来回晃荡。阿列克谢帮他应付买卖，这个小伙子是个野蛮的懒鬼。他家老三叫伊万，正在读师范学院，平时住校，只有休息日才回来，这人是个小矮子，很注意衣着打扮，就像个旧时的文官。生病的玛丽娅住在阁楼上，很少下楼，她一下来我就坐立不安，就像是被根无形的绳子给束缚住了。

但是杰连科夫家里真正的主人却是喀山大学、神学院和兽医学校的大学生们。这些人一来就热热闹闹，他们心系祖国，关切俄罗斯人民和国家的命运与前途。报纸上的文章，新看的书的感受，城里及学校中发生的事情，总有什么会让他们提起兴趣来。每到晚上他们从喀山的大街小巷汇聚到杰连科夫的杂货铺，大声地辩论或是分开在不同的角落小声讨论。他们会带着厚厚的大部头书，手指在书页上比画，争辩着各自服膺的真理。

不用讲，我是很难理解这些争论的，在这些如江水般滔滔不绝的华丽辞藻中，真理就如贫穷人家菜汤里的油加了水，益发让人看不出来了。我认为，其中有几个大学生跟伏尔加河边某教派的那些死读经文的老信徒有得一比。不过我也明白，我眼前的这些人计划改变生活，把生活变好，尽管他们的决心在连绵不绝的空话中日渐稀薄，然而还尚未淹没其中。他们想要解决的问题是什么我很清楚,我自己也很关心这些问题,由衷期盼它们能被解决好。在大学生们的谈话中我常能收获自己所表达不出来的思想,这使我喜出望外,就像是被俘的人听到自己将要被释放一样兴奋。他们对我就像是木匠看到了一块可以做出非一般物件的好木料一样。"一个很有天赋的人",他们相互间这么介绍我,话里话外就像是个到处乱跑的儿童把在街上捡到的一个五戈比铜子拿给别人看时那样自豪。我很不喜欢别人叫我"有天赋的人"或是"人民之子"之类的,我倒是觉得自己是被生活冷落的小孩。有时候我会有一种压抑感,这种感觉来自给我启蒙的人们。比如有一回我在书店的橱窗里看见一本《格言与箴言》①的书,书名的意思我不大明白,反倒非常想读读这本书探个究竟,于是跟一位神学院的大学生借这本书。

"你看你!"这位未来的主教脑袋长得像黑人,卷头发,厚嘴唇,牙齿尖大,他面带讥讽,叫道,"兄弟啊,你真是瞎说。让你看什么书你就看什么,不适合你的东西不要乱费功夫!"

这位导师粗暴的话语刺痛了我,我索性买下这本书,一部分钱是自己在码头扛活苦的,另一部分借的杰连科夫的。这是我买的第一本正经书,至今仍收藏着。

总体上来说,人们对我的要求是相当严格的。有一次,读过《社会科学入门》后,我觉得作者过于夸大了游牧部族在组织安排文化活动方面起到的作用,又看轻了有本事的流浪者和猎手。

---

① 作者是德国哲学家亚瑟·叔本华(1788—1860)。

我告知一个语文系的大学生我的疑惑,他马上刻意在脸上显出一副权威的神色,整整花了一个小时和我聊关于"批判权"的问题。他问我:"要得到'批判权',就必须服膺某种真理,那么你服膺什么呢?"这位老兄即便在街上走路也在看书,书本遮住了脸以至于在路上不时会撞到别人。连他得了伤寒,在自己的阁楼里卧床休息时,还在叫着:"道德自身应该是自由成分和强制成分的和谐统一……和,和谐啊……"

这个因终年吃不饱饭而体弱多病的人,固执地寻找永恒的真理,结果搞得费尽心血。除了读书,他再没有其他乐趣。每当他认为他调和了两种严重对立的思想时,他那柔和的眼睛便会发出孩童似的幸福的神采。当我阔别喀山十多年后,在哈尔科夫与他重逢,彼时他已经结束在凯姆五年的流放刑期,重新回到喀山大学读书。他给我的印象是每天沉迷于蚁丘般繁复的矛盾思想中,在他快死于肺痨之前还在希图调和尼采和马克思。有一回他一边咯血一边用黏糊糊的冰凉的手抓住我的手,嘶哑地说:"不统一……就无法生存!"

后来,他不幸死于上学途中的电车上。

我认识不少这类为了真理而受尽苦难的人们,我诚挚地怀念他们。

平常大约有二十来个这样的人常到杰连科夫家里聚会,这其中甚至还有个神学院学生是日本人,名叫潘捷列伊蒙·佐藤。有时一个剃着鞑靼式光头的大高个儿会过来,此人肩膀很宽,蓄着浓密的胡须,他穿一件灰色的紧身卡萨金衣服,扣子一直扣到领口。一般他会坐在墙角抽着短柄烟斗,用那双带着审视目光的灰眼睛观察所有人。他的目光经常停留在我的脸上,我感觉到这么一位严肃的人在关注我,莫名地有些紧张。他的沉默令我费解,周围其他人都在高声地语气坚定地喋喋不休,人家讲话的调门越高我就越喜欢。过了很长时间我才悟到,往往言辞越是激烈高调,背后隐藏的思想就越是渺小和虚伪。然而这位满脸胡子的大个子在思考什么呢?

　　大伙儿都称他"霍霍尔",好像谁都不知道他到底叫什么,安德烈除外。时间不长我就听说这位是从雅库茨克结束流放才回来,他在那里待了十年以上。因此我对他的兴趣更大了,但还是没有足够的勇气去跟他攀谈,尽管我既不害羞也不怯场。正好相反,我的好奇心非常旺盛,屁股总是坐不住,非常迫切地想了解所有东西,这一禀性使我终身难以很好地完成一件事情。

　　当他们谈论人民的时候,我很吃惊并且心里很不踏实,在这个问题上我怎么就无法达到他们的认知呢?他们认为人民代表了聪明、善良和美丽,是伟大、美好、公正的神圣统一。可我认识的人民不是这样的,我认识的人民有木匠、搬运工、石匠,我认识雅科夫、奥西普、格里戈里。然而在这里,他们所谈论的却是作为整体的人民,他们把自己置于人民下面,服从人民的意愿。我模糊地感觉到,他们这些人正体现了美好品格和先进思想,在他们身上反映出要按照博爱精神的新规矩去自由创造新生活的美好意愿,这些意愿正像火一样燃烧。

在此之前,与我共处过的人之间,我从没见识过什么博爱,而在这里每一句话都饱含博爱,每一道眼神都蕴藏着博爱的光芒。

这些人民的信徒的话宛若甘霖滋润我的心田,那些描绘农村暗无天日的生活和遭受苦难的农民的朴素的文学作品深深地启发了我。我相信只有最热烈、最深厚地关爱世人,才能由此获得一种不可或缺的力量以探索和追求人生的意义。从此以后我考虑问题不再时刻以自我为中心,开始更多地关心他人的疾苦。

安德烈·杰连科夫实话告诉我,他做买卖得来的一点盈利,都拿来资助这些信奉"人民高于一切"的人了。他就像是一个虔诚的助祭在侍奉主教做祷告,在这帮喜爱读书的人中间来回地转,毫不掩饰自己对这些人的智慧和才干的激赏。他把残疾的胳膊揣在怀里,笑得很幸福,用另一只手胡乱扯着柔软的胡须,问我:"你看好吗?就是很好嘛!"而一天当兽医拉夫罗夫——他的嗓子很奇怪,说起话来跟鹅在叫似的,哗众取宠地反对这些民粹派的大学生时,杰连科夫受惊吓般地闭上眼睛,小声说道:"真是个捣蛋鬼!"

他对民粹派的观点与我相近,可是这些大学生对待杰连科夫让我觉得有点没礼貌,就像是主人对待家仆或者酒店侍童一样,尽管他本人对此毫无芥蒂。他送完客人常常将我留宿在那,我们清扫好屋子,在地板上铺好毛毡躺下。在长明灯微弱的灯光下,我们小声亲切地漫谈,谈到很晚,他就像个信徒一样,喜不自禁地对我说:"将来能有成百上千个这样的好人,他们坐到俄罗斯全部重要的官位上,整个生活会发生巨变的。"

他大我十岁,我能看出来他很喜欢红头发的娜斯佳。他尽量不去看她那双饱含热情的双眼,在人前他就像个主人似的对她发号施令,当她转身离去的时候他却又恋恋不舍地目送她的背影离去。单独和她讲话时,他显得有点儿不安,一边不好意思地讪笑,一边捋着自己的小胡子。他的小妹妹也经常待在墙角边上看他们你来我往的辩论,全神贯注使得她眼睛瞪得大大的,稚气未消的脸有点搞笑地绷得紧紧的。当听到什么过火的话时,她会倒吸一口气,好像被冷水浇了似的。有个浅色棕红头发的医学院学生,喜欢神神叨叨地小声跟她讲话,并且威严地皱起眉头,像个大公鸡似的在她身边来回走动。这一切看起来都是那么有趣。

但是秋天来了,对我来说这种打零工的日子难以为继了。我被周围发生的这一切深深吸引,以至于干的活越来越少,有时要靠别人来养活。这让我很难受,我必须要想办法找个地方过冬,最终在瓦西里·谢苗诺夫的面包房里找了份工作。我在几个短篇小说《老板》《科诺瓦洛夫》《二十六个和一个》里所写的就是关于这段经历的生活。这段时光很难熬,对我而言确实也是颇有收益的。

肉体上,我也吃了不少苦头,更痛苦的折磨来自精神方面。

我到面包房的地下室里做工后,和那些曾经朝夕相处的人之间便竖了一堵"遗忘之墙"。——与他们见面,听他们讲话已经是我所不能缺少的必要生活了。他们谁也不来面包房看我,而我每天的工作时间长达十四个小时,平时也不能常去杰连科夫那里。休息日不是睡觉,就是跟工友在一起。有几个人刚认识几天就认为我是个滑稽可笑的人,还有几个工友对我就像纯真的儿童对待那些能讲好玩故事的人一样。鬼知道我能给他们讲出什么道道来,基本上都是讲些能够激励人向往更加舒适、更加有意义的生活的故事。有时候我讲得很成功,他们的脸上流露出感同身受的悲伤,眼睛里闪耀着气愤和痛恨的火花。我感到比过节还高兴,并且自豪地认为:"我在搞群众活动""我在教化人民"。

然而我更多地是感到自己知识不足,能力很差,甚至连简单的日常生活问题都无法解答。这个时候我觉得自己就像是被抛入一个烂泥塘,在这里人们像蛆一样盲目地蠕动,他们能做的只能是通过在小酒店里买醉或是钻到娼妓们冰冷的怀里来逃避现实。

妓院是他们每个月领到薪水的那一天肯定要去的地方,在这个美好的日子一周前,他们就开始聊着那等美事。这一天过后,大家在相当长的时间里交流着自己做那事获得的快感,他们恬不知耻地吹嘘自己在性爱方面的本事,极尽其能地嘲笑妓女,还不时地啐两下。莫名其妙地,我在这些言谈里边听到的是忧愁和耻辱。我看到在"欢情屋"里一个卢布可以包一个女人一夜,我的工友们会不好意思,好像在做坏事——在我看来,这很正常。有些人会显得色迷迷的很放纵,我觉得他们是刻意做出这种样子的。两性之间的事情引起了我的兴趣,所以我很认真仔细地关注这些事。我自己还从未得到过女人的爱抚,这让我处境不妙:妓女们和工友们都放肆地笑话我。很快他们不再约我一起去"欢情屋"了,直截了当地跟我说:

"兄弟,你不要再跟我们去啦。"

"为什么?"

"这个嘛……带你去,会放不开。"

我抓住这句话,觉得这话跟我关系挺大的,但是我没能得到更详细的解释。

"你这人真是!都跟你讲了,跟你在一起太无聊了……"

只有阿尔乔姆哭笑不得地对我说:

"就像是眼前站了个牧师或神甫一样。"

最初姑娘们只是笑话我太拘束,后来有点恼火地问我:

"你瞧不起我们吗?"

有个四十来岁的波兰"姑娘"长得很圆润,也很漂亮,她叫捷列扎·博鲁塔,是这里的老鸨,她用那双有点像纯种狼狗般聪明的眼睛打量着我说:

"饶了他吧,他肯定是有相好啦,是吧?这么壮实的小伙子肯定是被相好的给迷住啦。"

这女人好酒,醉酒之后形状可恶难以描述。令我惊奇的是,在清醒的时候,她待人接物把握有度,会冷静地分析判断对方所做的事情。

"最让人无法理解的肯定是神学院那帮大学生,真的。"她跟我的工友们这样讲过,"他们跟姑娘们是这么搞的:先让人在地板上打上一层肥皂,再让一个姑娘光着身子趴下,手和脚分别放到碟子上面,接着推姑娘的屁股看能滑出去多远,推完一个姑娘接着推下一个。你看看,为啥要这么搞呀?"

"你胡说!"我说道。

"哎哟!绝对没有!"捷列扎高声叫道,并没生气,依然很平和。不过这种平和有点快让人窒息的感觉。

"你这是胡说八道!"

"一个姑娘家怎么可能胡说这种事呢,难道我疯了吗?"她冲我瞪着眼睛问道。

人们屏气凝神地听我俩争辩,捷列扎依然用平和的语调讲着那帮嫖客们胡来的事,她说来说去就是想弄明白,他们干吗要那样做。

所有人都唾弃痛骂大学生,看到捷列扎挑拨这些人敌视我最喜爱的人们,我争辩,大学生是热爱人民的,他们做有益于人民的事。

"没错,不过你说的是复活街那边的大学生,我说的是城外阿尔斯克原野那的大学生呀!他们都是教会的孤儿,孤儿长大了不是小贼就是强盗,是混蛋,他们这些孤儿了无牵挂!"

老鸨子平静的讲述和姑娘们对大学生、官员之类"高洁的人"的怨恨，在我的工友们心里引发了厌恶和敌视的态度和另一种类似奚落的情绪，说出来的话就是："这么说，那帮受过教化的人比我们更坏啊！"

我听了这些话，心情沉重非常不好受。我眼见这些人汇集到这些昏暗的小房间里，就像是城里所有的污水都流入泥塘在直冒黑烟的火焰中沸腾似的，然后又带着一肚子的怨恨和恼火，各自回到城里。我发现这些人受动物本能和生活的烦恼驱使钻进这些房间，说些淫词浪语，弹唱凄婉的情歌，传播那些"受过教化的人"的丑闻。他们对不理解的事物加以嘲笑和敌视。我发现"欢情屋"也是一所大学，在这所大学里我的工友们学到了世间丑恶的东西。

那些"卖笑姑娘"在肮脏的地板上游荡，懒散地拖着步子发出沙沙的声音；在咿咿呀呀的手风琴声或者铮铮作响刺耳的旧钢琴声中搔首弄姿摇摆着她们松松垮垮的身躯。我望着她们，心里不由产生一种莫名其妙的烦躁情绪。周围的一切让人苦闷压抑，我想脱离这里却又无能为力，心情沮丧万分。

在面包房里当我跟他们讲这世上正有人以天下为公的精神在为人民的福祉和自由寻找方法和道路时，立马被人反驳：

"不过姑娘们可不是这么说的哦！"

他们毫不客气地对我讽刺，言辞下流而又恶毒。我立刻火冒三丈，就像只不服气的小狗，认为自己比成年的大狗聪明，胆气也要强过他们。我开始懂得,认识生活并不比生活本身更容易。对那些逆来顺受的工友我有时候会怒其不争,他们甘愿忍受酒鬼老板的欺辱和压迫,他们这种驯服和忍耐的习性让我很是恼火。

好像故意和我过不去似的,我正是在这些艰难的日子里又接触一种全新的思想,虽然这种思想和我以往接触到的完全相反,还是引起了我的兴趣。

在一个风雪之夜,狂风呼啸着好似把灰霾的天空撕成碎片洒落人间,地上堆满了厚厚的一层雪,就像世界已经走到了生命的尽头,太阳西下后将不再升起,在谢肉节里①的这么一个夜晚,我从杰连科夫家回面包房去。我眯着眼,顶着大风,在一片天昏地暗的大雪中往前走,突然我跌了一跤,趴在一个横躺在人行道上的人身上,于是我俩吵了起来,我用俄语,他用法语。

"啊,魔鬼……"

这让我大感惊奇,我搀他起来,让他站好,这是个小个子,一点也不重。这时他一把推开我,嚷嚷起来:"我的帽子呢,真该死!把帽子还给我,快冻死我了!"

我在雪地里找着帽子,抖掉上面的雪把帽子戴到他竖起来的头发上,他一把摘下帽子一边挥舞,一边用两种语言骂骂咧咧,轰我走:"滚开!"

他突然往前奔了起来,消失在翻卷的雪片中。我继续往前

---

① 俄罗斯传统节日,东正教复活节前第八周。

走,走着走着又看到他了。他站那不动,抱着熄掉的路灯杆子,在那喊:"列娜,我要死了,列娜……"显然这厮喝醉了,要是不管他把他扔在大街上,他会冻死的。我就问他住哪儿,他带着哭腔:"这是哪条路啊,我不知道要往哪儿走。"我搂着他,带他往前走,问他住什么地方。

"住布拉克街,"他浑身发抖,含糊不清地说,"布拉克街……有个澡堂子边上有座房子……"

他脚下打晃,深一脚浅一脚的让我都走不好路,我听见他的牙齿在打架。

"Si tu savais……"①他一边推我,一边含糊不清地说着。

他站好了,抬起一只手,咬字很清楚,我认为他是带着一种自豪感在说这些:"Si tu savais où je mène……"②然后他把手指放到嘴上哈热气,脚下打晃差点跌跤,我蹲下来背上他向前走,他下巴颏贴着我的头,抱怨着:"Si tu savais……我快冷死了,哦,神啊……"

到了布拉克街我好不容易才从他嘴里搞清楚他的住所在哪,最后我们钻进一所院子的过道,走到被风雪遮蔽的小厢房,他摸索到房门,轻轻地敲了敲,并提醒我:"嘘,小点儿声……"

一个穿红色睡衣的女人手里拿着蜡烛开了门,把我们让进去,不知道从哪拿出一把长眼镜盯着我看不吱声。我告诉她这

---

① 法语意为,假如你知道。
② 法语意为,假如你知道我住哪里。

个人的双手快冻硬了,要赶紧给他脱衣服让他进被窝。

"是么?"她的声音跟少女一般清脆。

"得把他的手泡到冷水里……"

她一句话不说,只是用眼镜的长柄指了指墙角,那里的画架上摆着一幅画,画的是一条小河跟几棵树。我惊讶地看到她面无表情地走到墙角的桌子跟前坐下,桌上点了盏粉红罩子的灯,她从桌上拿起一张红桃J,开始看起牌来。

"您有伏特加吗?"我大声问。她专心地在桌上摆弄牌,理都没理我。我背回来的家伙,耷拉着脑袋坐在椅子上,垂在身体两边的双手冻得通红。我把他放到沙发上,替他脱了衣服,我都不知道自己为什么要这么做,就跟做梦似的。我跟前沙发上方的墙上满是照片,这些照片中间有一个缀着白色蝴蝶结绸带的花环正若隐若现地闪着金光,白绸带梢上印着一行金字:献给无与伦比的吉尔达。

"见鬼,轻点啊。"我给他搓手的时候,那个人开始哼哼。

那个女人一声不吭面带愁容,把扑克牌一张张摊开。她的脸长得有点像鸟,鼻子尖尖的,双眼大而无神。这时她抬起那双少女般的嫩手,掸了掸她那已经蓬松得像假发似的白头发,嗓音清脆地问道:"乔治,你看到米沙没有?"

乔治翻身而起,一把推开我,赶忙就说:"他不是去基辅了吗?"

"是啊,去基辅了。"女人重复道,眼都没离开扑克,我觉得她的声音显得单调又冷漠。

"他很快就会回来的……"

"是么?"

"是呀,快了!"

"是吗?"女人重复问。

这时衣服没脱完的乔治从沙发蹦到地板上,他快步走到女人脚边跪下,用法语跟她说了几句。

"我很平静。"她用俄语答道。

"你知道吗?我刚才迷路了,外面的风雪大得不得了,我都以为自己会冻死呢。"乔治一边急忙说着,一边抚摸女人放在膝盖上的那只手。他大概四十多岁,唇上留着黑色的胡子,厚嘴唇,脸红扑扑的,一脸诚惶诚恐的表情。他用力地挠着圆脑袋上灰白的硬头发,话也讲得越来越清楚了。

"咱们明天就去基辅。"女人说,不知道是在问,还是已经做了决定。

"好,明天!你也要休息了,你怎么还不躺着,已经夜深啦……"

"米沙,今天不回来了吗?"

"对,不回来!这么大的风雪……咱们走,你该睡觉了。"

他拿起桌上的灯,扶着她走到书架后面的一个小门里。我一个人独坐了好一会,什么都没想,就听着他低沉嘶哑地说着话。狂风暴雪就像毛茸茸的爪子扑打在窗户玻璃上,发出沙沙的声音。地板上融化的雪水映射着暗淡的烛光,屋子里摆满了东西,暖和和的有股味道,让人昏昏欲睡。

乔治出来了,他双手拿着灯,摇摇晃晃的使得灯罩跟灯芯磕磕碰碰。

"她睡着了。"

他把灯放到桌上,站在屋子里也不看我,好像在思考什么,说道:

"真的,不知道说什么好。要不是你,我可能就完啦……谢谢啦!你是干什么的?"

他侧着头,站在那里听隔壁发出的声音,打着哆嗦。

"她是您太太?"我小声问。

"是太太,也是我的一切,是我的老命。"这人一边看着地板,一边字句清晰地低声说,跟着又开始狠命地揉起头来。

"喝点茶怎么样?"

他神不守舍地往房门走去,然后又站住,因为他想起来女仆吃鱼吃撑了,已经被送到医院去了。

我提议去生茶炊,他点头同意,这时他都没想着自己还赤脚露胸的,光着脚在湿漉漉的地板上吧嗒吧嗒地走,把我带到一个小厨房。他倚着炉子,又重复地说:

"要不是你,我就完了。谢谢啦!"

他突然打了个寒颤,惊悚地瞪大眼睛看着我。

"要是我真死了,她该怎么办啊?哦,神啊……你要知道,她有病在身。她有个儿子,是音乐家,在莫斯科开枪自尽了,可她一直在等他回来,眼看就快等了两年了……"

接着我们一起喝茶的时候,他拉拉杂杂地讲了他们的事。

这个女人原来是个乡村地主,他是个历史老师,给她儿子当家教,居然爱上了她。她如何因此而抛弃了自己那个德国男爵丈夫。离家出走后她如何去歌剧院演出,尽管她的前夫想方设法地破坏她的生活,他们还是过得美满幸福。

他眯起眼睛,注意看着肮脏的厨房昏暗角落里的什么东西,在那里炉子边上的地板都烂掉了。他喝了口茶,被热茶给烫到了,脸都皱了起来,圆溜溜的眼睛后怕地眨巴起来。

"你是干什么的?"他又问我一遍,"哦,做面包的工人,闹不明白,不像,怎么回事啊?"他说话的语气显得有点不安,用一种被伤害的人的眼光疑惑地看着我。我大略地跟他讲了下自己的情况。

"原来是这样啊。"他赞叹起来,"啊,原来是这样……"

他一下子变得活跃起来,问我:"你知道《丑小鸭》这个故事吗?读过吗?"

他的脸扭曲着狰狞起来,他那嘶哑的嗓子居然能拔高到尖叫的程度,让我吃了一惊,他开始气愤地诉说:"这个故事蛊惑人心,我跟你差不多大的时候,也曾想过我可以成为一只天鹅。可到头来,我本该上神学院的却上了世俗大学,我父亲是个神甫,他都不认我了。我在巴黎学过人类不幸的历史——发展史,我还写过文章,可这一切又能怎样呢?"

他站起来又坐下去,听了会儿房间里面的动静,接着对我说:"发展,这是人类自我催眠所设想出来的,生活没有理性可言,毫无意义。没有奴隶就没有发展,没有多数服从少数,人类就会停止前进。我们希望生活变得轻松,减轻劳动负担,结果使得生活更加艰难,劳动负担更为沉重。开办工厂制造机器是为了制造更多的机器,何其愚蠢!结果工人越来越多,其实只有种粮食的农民才是不可或缺的,粮食,就是通过劳动从大自然获得的一切。一个人,需要的越少,他获得的幸福越多,欲望越多,获得的自由越少。"

也许这不是他的原话,但是这种惊人的思想,头一回正是由他如此尖锐、直白地讲给我听的。这个人兴奋地尖叫起来,立刻担心地朝门里边望了望,里边寂静无声,于是他又怒冲冲地小声跟我说:"要清楚,每个男人需要的并不多,一块面包和一个女人……"他开始用神神叨叨的低声,用我从未听闻的词汇和诗句谈起女人来,他突然变得有点像小偷巴什金了。

贝雅特丽齐[①]、菲亚美达[②]、劳拉[③]、妮侬[④],他小声说着一个个我不熟悉的名字,讲了一些国王和诗人们的恋情故事,背诵了

---

① 意大利诗人但丁所爱的女人,在《神曲》中有出场,但丁为她奉献了大量诗歌。
② 意大利小说家薄伽丘所爱的女人,薄伽丘为其创作《痴情的菲亚美达》。
③ 意大利诗人彼特拉克所爱的女人,彼特拉克在她死后为其创作了大量诗歌。
④ 法国诗人缪塞所爱的女人,有《致妮侬》一诗。

一些法语诗句。背诗的时候他还用他细细的露出肘部的手打起拍子。

"爱情和饥饿统治着世界。"我听了他饱含激情的吟诵后想起来这些字句曾作为副标题印在一本进步小册子《沙皇就是饥饿》的书名下面,这让我觉得他讲的话会有很特别的意义。"人们追求的是遗忘和抚慰而非知识。"这种思想令我非常震撼。

早上我离开这个小厨房时,墙上的小钟才指向六点零几分。我在灰暗朦胧的雾中踩着厚厚的积雪上路了,听着暴风雪的嘶吼,想起那个饱受磨难的人声嘶力竭的愤怒尖叫,他的话就像是憋在我的嗓子眼里,让人喘不过气来。我不想回面包房,也不想见别人,就带着身上厚厚的积雪,在鞑靼区从一条街到另一条街,晃来晃去直到天光放亮,大雪中露出城里居民的行踪为止。

以后我再没见过这位教师,不过也没想再碰到他。但是后来我从不同的人嘴里,不止一回听到过人生没有意义,劳动没有好处这样的话。说这些话的人有没什么文化的游民和无家可归的浪荡汉,有"托尔斯泰主义者"①和文化修养不错的人。还有教会的修士司祭、神学硕士、造炸药的化学家和"新活力论者"生物学家以及其他很多人。不过这些思想已经不像我第一次听到时那样让我震惊了。

大概两年前,也就是距离第一回和那个历史老师谈论这一

---

① 托尔斯泰主义,俄罗斯大文豪列夫·托尔斯泰的政治理念,批判现实,宣扬基督教自我救赎精神,勿以暴力对抗恶行。

话题三十年左右之后,我忽然又从一个当工人的老相识嘴里,听到了几乎同样的话语、同样的意思。

有一天我和这位老熟人在一起聊天"交心",经常自嘲为"政治滑头"的他用冷笑的语气以好像只有俄罗斯人才具备的那种坦率跟我说:"亲爱的阿列克谢·马克西莫维奇,我什么也不需要,什么研究、什么科学、什么飞机统统没有用处,纯属多余。我只需要一个安静的角落和一个女人,只要我想,我可以随时亲吻她,只要她对我保持肉体和心灵的忠诚就可以了。您是按照知识分子的路子来想问题,您已经不是我们的人了,您已经中毒了。对您来说,思想比人本身重要,您是否也跟犹太人那样认为人是为安息日设立的①呢?"

"犹太人不这么认为……"

"鬼知道他们是怎么认为的,这个民族是没法理解的。"他一边自己回答,一边把烟头丢进河里,看着它在水面漂走。

我们坐在涅瓦河岸边的花岗岩长凳上,此时正是秋月凌空的时候,我们两个人白天都在紧张地忙碌,徒劳地想做些有益的事情,搞得筋疲力尽却到头一场空。

"您跟我们待在一起,却又跟我们不同,这就是我要讲的。"他继续思索着沉声说道,"知识分子爱折腾,历来喜欢结党闹事。

---

① 《圣经·新约·马可福音》中说,安息日耶稣的门徒行路时掐了麦穗,法利赛人对耶稣说他们不该如此,耶稣回以安息日是为人设立的,人不是为安息日设立的。

就像基督教是空想家,为了世人的救赎闹腾,所有的知识分子,为了乌托邦而闹腾。只要有一个空想家起来闹事,所有的人渣、流氓、恶棍都会跟着起来闹事。这些人满怀恶意,因为他们在生活里找不到自己的位置。工人们合起来暴动是为了革命,他们需要重新分配生产工具和劳动成果。一旦革命成功,你以为他们会赞同建立政权吗,他们肯定会各奔东西分道扬镳的,最后人人去建立自己的安乐窝。

"技术?您说机器?机器会勒紧我们的脖子,把我们身上的绞索绑得更紧。是的,我们是要从过多的劳作中解放出来,我们的生活需要安逸,工厂和技术都不让人安逸。其实人需要的并不多,如果我只需要一个小房子,何必要去建一座城?城里人们摩肩接踵,要自来水管、下水管、电力电气。您尝试一下不要这些东西,那日子要过得多惬意!就不该这样,我们这里有很多没必要的东西,这些玩意儿都是知识分子搞出来的,所以说知识分子无益人世。"

我说,从没有人能像我们俄罗斯人这样彻底否定我们的生活。

"俄罗斯人的精神是自由的。"我的朋友微微一笑,"我说您也不要生气,我的推论是对的。我们成千上万的人都是这么认为,只是没有讲而已,生活应当安排得简单点,简单的生活让人亲切。"

我很清楚此人的思想发展历程,他从来都不是"托尔斯泰主义者",也没有无政府主义倾向。

跟他交谈过后,我开始想到我们俄罗斯成千上万的人就是为了求得不用劳动而忍受革命的痛苦,将会怎样呢?花最少的工夫得到最大的享乐,这跟很多不切实际的幻想、千奇百怪的乌托邦一样,真有诱惑力啊。

此时我想起了亨利·易卜生的一首诗:

> 他们可是说我变成了保守派?
> 不!我毕生的信念坚决不改。

> 你出车跳马未必会把对手将死,
> 重摆一盘棋吧,我来当你的棋子儿。

> 须知我只承认一种革命,
> 绝不能由三心二意者执行。

> 论光荣与彻底当以他为最,
> 我指的是创世纪的洪水。

> 即使那时魔王也会失算,
> 瞧吧,来了诺亚,他将主宰波澜。

让我们再来一次盘根究底,
言与行必须合二而一。

你把世界淹齐了咽喉,
我却乐于用鱼雷袭击方舟。①

---

① 此诗为易卜生《致吾友,一位革命演说家》,载《易卜生文集》人民文学出版社 1995 版第 8 卷,第 36 页,绿原译。

第三章

杰连科夫的小杂货铺收入微薄,可是在物质方面需要资助的人和事越来越多。

"得想点辙。"安德烈有点犯愁地摸摸胡子,他勉强微笑,叹了口气。

我觉得,他似乎把自己当作被判了帮助他人的无期徒刑,虽说他乐在其中,但有时毕竟力不从心。

我不止一回用不同的话反复问他:

"您这么做是为什么呢?"

他分明是没理解我说什么,用拗口的话和书面词语讲起人民苦难的生活和有必要给人民以教育和知识。

"那人民想获得知识,追求知识吗?"

"嗯,那还用讲!当然,您不就是在追求知识吗?"

是啊,我很想获得知识,但是我想起那个历史老师的话:"人们追求的是遗忘和抚慰,而非知识。"

这种尖酸刻薄的想法给一个十七岁的年轻人听了是非常不好的,这种想法使人思想迟钝,而且多说无益。

我发现一个现象，人们总是喜欢听有趣的故事。因为有趣的故事能让他们忘却艰难可又习惯的生活。故事"虚构"的成分越多，人们越喜欢。书中如果有很多"虚构"的美好成分，才是一本好书。简单说，让人云遮雾罩弄不清是怎么回事了。

杰连科夫决定开一家面包店。记得当时精准地计算过，这个生意可以使他每个卢布的本钱赚回百分之三十五的利润。他任命我给面包师打下手，以自己人的身份监督那个面包师，免得他有机会偷取面粉、鸡蛋、黄油和做好的面包。

于是我从大的肮脏的地下室，搬到了小的干净的地下室，这个地下室由我本人负责打扫。在大地下室是一个四十人的工作团队，在这里我只面对一个人。这个人两鬓灰白，留着山羊胡，瘦脸熏得发黑，一双黑眼睛老是像在琢磨什么，嘴巴长得有点奇怪：小得像鲈鱼的嘴，厚厚的嘴唇紧闭着，就好像随时想跟人亲嘴。他的眼里藏着嘲弄的意味。

显然这个面包师也偷东西，开工的头一个晚上，他就把十只鸡蛋、大概三磅面粉和一大块黄油拿到一边去。

"这些东西是干吗的？"

"这是给一个认识的小姑娘的，"他很和善地讲，吸了下鼻子补了一句，"一个漂——亮的小姑娘！"

我试着让他明白，偷盗是一种犯罪。如果不是我口才不好，就是我自己也不是很坚定地相信自己列举的理由，反正我讲的话一点效果也没有。

面包师躺到放生面团的柜子上面,看着窗户外面的星空,惊讶地嘟哝:"他竟敢教训我!刚见面,就摆架子训人!我的年岁可比他大两倍呢,真搞笑……"

他看了看星空,然后问我:"我好像在什么地方见过你,你在那儿干过?谢苗诺夫那儿?就是以前有人闹事的那家?是这样,哦,那我做梦见过你……"

过了几天,我发现这个面包师很能睡,不管干什么,哪怕是支着铁铲站在那里也能睡着,睡着的他眉毛上翘,脸上显得有点古怪,就像是在吃惊地嘲弄什么一样。他常和我谈关于藏宝和梦境的话题。他语气坚定地说:

"我能透视大地,大地就像馅饼一样,里面藏的全是财宝:成箱成罐的钱,四处是铁。我经常梦到熟悉的场所,比方有一回我梦到公共浴室墙角下面埋了一大箱银子做的器皿。醒了以后我连夜跑过去挖,一直挖了一俄尺半深,挖出一堆煤渣和狗骷髅头,你看看,我找出来的就是这些玩意儿……这时候砰的一声玻璃给打碎了,突然有一个妇女高声地叫起来,'救命啊,抓贼啊!'我当然跑了,要不给逮住会被揍扁的。真搞笑!"

我总听他说"真搞笑",然而伊万·科兹米奇·卢托宁自己不笑,了不得就是带着一点笑意地眯起眼睛,把鼻头皱起来鼻孔张得很大。

他的梦没什么稀奇,跟现实生活一样荒唐无聊。我不知道他为什么总是乐于讲他做的梦而不是周围现实中的人和事。

一个被迫嫁人的茶行富商的女儿刚举行完婚礼就开枪自杀了,全城都开了锅,上千号年轻人成群结队地去给她送葬,大学生们在她的墓前演讲,警察把他们都撵跑了。杂货铺与我们面包房挨在一起,大学生们挤在铺子后面的房间高声谈论此事,激烈的言辞随着高亢的声音传入地下室钻进我们的耳朵。

"这姑娘从小缺乏家庭管教啊。"卢托宁说,接着跟我讲,"我梦到在池塘里逮鲫鱼,突然有个警察冒出来大喊:'站住,好大的胆子!'我没地方躲,只得往水里钻,然后就醒了。"

尽管卢托宁对周遭的现实生活不感兴趣,还是很快发现了这家面包房与众不同的地方:打理生意的是老板的妹妹和女朋友这两个不内行的书痴姑娘,老板的女友身材高挑,脸色红润,眼神温柔亲切;铺子后面的房间里经常有大学生过来,这些学生来了以后长时间逗留在这里,不是大声喧哗就是小声细谈什么;老板很少来面包房,倒是我这个给他打下手的,搞得跟店里的当家人似的。

"你跟老板是亲戚吗?"卢托宁问我,"他想招你做妹婿吧?是么?真搞笑。那些学生老跑过来干吗?是过来看姑娘呢?也许呢,虽然那两个姑娘没有什么看头,比起讨好姑娘来说这伙大学生对吃面包的兴趣更大吧。"

差不多每天早上五六点钟的样子,面包房靠街面的窗外总会冒出个短腿姑娘来。她的模样就像是由各种规格的半球堆出来的,跟装满了西瓜的袋子差不多。她赤脚站在地下室窗外的道沟里,哈欠连天地叫道:"瓦尼亚①!"

她头戴五颜六色的头巾,下面露出卷曲的浅色头发,那圆环一样的卷发在她圆滚滚的红脸颊和低低的额头上到处都是,轻抚着那半睁半闭的眼睛。她用小手懒散地拂了拂头发,手指像初生的婴儿一般很可笑地张开。真好玩,跟这样的姑娘能说什么呢?我把面包师傅叫起来,他问她:

"你来了吗?"

"你不是看见了吗?"

"睡得好吗?"

"怎么会睡不好?"

"做什么梦了?"

"记不得了……"

这时城里很安静,但是偶尔能听到清洁工在什么地方扫东西的声音和早起的麻雀叽叽喳喳的鸣叫声。初升旭日的光辉暖暖地从玻璃窗透过来。这种让人充满遐想的早晨令人愉悦。面包师毛茸茸的大手从窗口伸出去抚摸上姑娘的两条大腿,她一点都不介意也不笑,就会眨着绵羊似的眼睛。

"彼什科夫把甜面包拿出来,时间到了。"

我把铁烤盘一个个地从炉子里拿出来,面包师从烤盘里抓出十来个圆面包、卷面包、泡芙,然后把它们扔进姑娘撩起的衣裙下摆里。她把一个滚烫的奶油包不停地在两手间倒来倒去,

---

① 卢托宁的昵称。

然后用那绵羊一样的黄牙咬上一口,烫得咝咝直叫有点恼火。

面包师猥琐地看着她说:

"把裙子放下去,骚货!"

等这个姑娘走了以后,他跟我显摆:

"看到了吗?就像只小绵羊,一头卷发。我很讲究的,从不跟有妇之夫瞎搞,只跟姑娘们玩玩。这个是第十三个了,是尼基福雷奇的教女。"

我听着他这番沾沾自喜的话语,思量道:"我也要过这种日子么?"

我把按斤两卖的白面包从炉子里拿出来,十个白面包和十二个大的圆面包装一长托盘赶紧地送到杰连科夫的店里。回头又把大概两普特重的圆面包、卷面包装到一个筐里,连奔带走地送去神学院,以便赶上学生们吃早饭。我在那里站在食堂门口向学生们售卖面包,有的赊账,有的现钱;同时我也会关注学生们争论托尔斯泰,神学院有个教授叫古谢夫,他对托尔斯泰很是反感。有时候我会在面包下面的筐底上放几本书偷偷带给学生们,学生们也会把书和便条藏进我的筐里。

每周我会带着我的面包跑一次更远的地方,到精神病院去。那里有个精神病专家叫别赫捷列夫,他上课的时候给学生们展示精神病人。有一次他给学生们展示躁狂症病人。这个病患身着白色病服,戴一顶像长筒袜似的睡帽,瘦高挑的样子,当他出现在门口时,我忍不住笑了一下。但是他经过我身边时,朝我望了一眼,我立马往后跳,仿佛他乌黑阴郁的眼睛能灼烧我的心头。别赫捷列夫摸着胡子毕恭毕敬地跟病患交谈时,我一直用手抚摸我那仿佛被柴火余烬烫伤了的脸。这个病人声音低沉地说了个要求,把手从白衣的袖口里伸出来。他的手指细而长,我觉得他的身体好像也在不断拉伸,就像是他的这只黑乎乎的手可以从那里伸到我面前扼住我的脖子。他脸颊瘦削,眼眶乌黑下凹,黑色的眼睛里射出凌厉的光,让人害怕。二十多个大学生都被这个头戴古怪尖帽子的人吸引住了,这些学生少数几个在微笑,大部分人神情凝重,流露出同情的样子。他们的眼神跟病人那火热的眼神比起来太过于平凡,这位病人令人畏惧,他的身上带有一种庄严的气质,绝对存在!

学生们像鱼一样沉默,别赫捷列夫教授的声音显得格外清晰,他每一次提问都会引起病人低沉而严厉的呵斥。这低沉的嗓音仿佛来自地板下方,来自完整无瑕的白壁里面,病患的动作如高级神职人员一般沉缓傲慢。

这天的夜里我写了一首关于躁狂者的诗,称之为"众王之王,神友和顾问",他的形象长远地留在我的心中,让我的生活失去了安宁。

我每天晚上六点钟开始干活,基本上要干到次日中午。我白天需要睡觉,所以只能忙里偷闲,在和好面等另一团面发酵时或面包进炉烘烤时才看会儿书。随着我逐步掌握这份活计的窍门,面包师的工作量就越来越小,他以赞叹的语气"教诲"我:"你做事挺到位的,过上一两年你就是面包师了。真搞笑,你太年轻了,人家不会听你的,也不会服你的……"

他对我嗜书如命不屑一顾。"你最好别看书了,睡觉去吧。"他关心地劝我,却从不问我看的是什么书。沉醉梦境、幻想地下的宝藏和那个圆溜溜的短腿姑娘占满了他全部的生活。他把那姑娘带到过道间堆放的面粉袋上,或者(遇上冷天)皱起鼻头跟我说:"你出去半小时吧。"我走的时候想:"这爱情跟书上说的不一样啊……"

老板的妹妹住在铺子后面的房间,我常给她生茶炊,但是尽量少跟她碰面,因为见到她时我会比较窘迫。她那孩子般的眼神经常会让人无法忍受地看着我,和最初碰面的几次差不多,我认为她的眼神深处隐含着微笑,似乎是那种讥讽般的微笑。

我长得粗壮却不灵活,面包师一边看着我搬弄五普特重的面粉袋子,一边不无遗憾地说:"你的劲赶上三个人,可是不灵活,个头高却像是头蛮牛……"

尽管我已经看了很多书,很喜欢诗歌,并且自己也开始写诗,我用"自个儿的词"来写。我认为我遣词造句很生硬呆板,但好像只有这些字句才能把我极度混乱的思想表达出来。有时候为了抗议我无法容纳和让我愤慨的东西,我有意用一些很粗俗的字眼。

我有过好几位老师,其中一位数学专业的大学生责备我:"鬼才晓得您是怎么表达的,您这不是遣词造句,是砸秤砣!"

总之我不喜欢自己,就像半大小伙常有的那样,我觉得自己粗野搞笑,我长得像卡尔梅克人一样颧骨突起,说话嗓音也很奇怪。

老板的妹妹动作起来就像飞翔的燕子一样灵活迅捷。不过,我觉得她轻快的动作跟她圆润娇柔的体态不太相称,她的架势和走路的样子也有点扭捏做作。她说话的声音欢快,非常迷人。她经常笑出声来,听到这种笑声时我认为她是想让我忘记初次见面时的样子。然而我不愿意忘记这个,非同一般的事物对我来说很宝贵,我需要知道那些已经存在或可能发生的非同一般的事物。

有时候她问我:"您在看什么书?"

我匆匆应付后很想问她:"您干吗要知道这个呢?"

有一次面包师一边摸着那个短腿姑娘一边陶醉地对我说:"你出去一会儿吧,喂,最好去老板妹妹那里,干吗把机会放走?要知道,那些大学生……"

我当场就发誓,要是他再敢这么讲,我就用秤砣砸烂他的头,说完就走开,往放面粉的过道间去。从没关紧的门缝里,我听到卢托宁的声音:"我干吗要跟他置气?他是看多了书,过得不正常了……"

过道间里老鼠穿来穿去,吱吱地叫个不停,面包作坊里姑娘像个牛似的叫唤着呻吟着。我走到院子里,外面正下着毛毛细雨,雨落下来几乎不带一点声音,但还是感到闷得慌,空气中全

是焦煳味,不知什么地方的树林失火了。时间已经是下半夜,面包店对过的房子几扇窗户开着,几个光影暗淡的房间里有人在唱歌:

> 圣徒瓦尔拉米
> 头上光环金闪闪
> 在天上看到了她们
> 脸上笑呵呵

我试着想象玛丽娅·杰连科娃躺在我的双腿上,就跟面包师的姑娘躺在他腿上一样,可我心里明白这不可能,甚至想到就会让人心里发慌。

> 从黑夜到天亮
> 他狂饮欢唱
> 嗷,还有某些事儿
> 他也喜欢干

在一片歌声里,那低沉浑厚的"嗷"尤为凸显。我两手搁在腿上,伸头望向一扇窗,能透过镂花的窗帘看到四方的屋子里点着一盏蓝罩子的小灯,灯光映在灰色的墙壁上,灯下有个姑娘正对窗坐着写字。看,她抬头了,用红笔杆掠了一下头发,眼睛眯起来,脸上洋溢着笑容。她把纸慢慢叠起来装到信封里,舌头在信封口上舔一下就把信封好了放到桌面上,用那比我小拇指还小的食指示威一般地戳戳它。接着她又皱起眉头把信封撕开重新看了一遍信,把它装到另一个信封里,低下头写好信封后举起来,就像是举着白色的小小旗帜来回晃动。她转着身体拍着手向靠床的一角走出我的视线,然后又回来脱掉上衣露出浑润的肩头,从桌上拿起灯又消失在角落里。你注视一个人独处的一举一动时,你会发现他就跟个疯子似的。我在院子里一边走来走去一边想,这姑娘独自一人在房间里的状态真是很好玩。

可是当那个红头发的大学生来看她,用近似耳语般低沉的嗓音跟她说话时,她会蜷起身体,变得更小的样子。她害羞地看着他,把手摆到背后或桌肚下面。我不喜欢这个红头发的人,极不喜欢。

这时候短腿姑娘戴着头巾晃悠过来了,她对我嘟哝:"回面包房去吧。"

面包师一边把柜子里的面团一个个往外扔,一边告诉我他的情人是多么地需索无度讨人喜爱。这时我想:"长此以往,我会成什么样呢?"

我觉得冥冥之中会在某个很近的角落,有什么不幸的事情正等着我。

面包店的生意很兴旺,杰连科夫不得不着手寻找更大的铺面,并决定再雇一个打下手的。这样当然很好,可是我已经连轴转干得晕头转向了。

"到了新店你就是大伙计。"面包师对我许诺,"我去讲讲,让老板把你的工资调到每个月十个卢布,就这样。"

我心里明白,有我这么个大伙计对他的好处是大大的,因为他懒得干活,而我却总是很勤快,身体的劳累对我有好处,劳累可以使我心绪平复,劳累可以压制身体很多本能的需求。不过这样的话我就看不成书了。

"把书丢开是个好事,让老鼠把那些书都咬掉!"面包师说,"难道你就不做梦吗?估计你也会做梦的,不过你这人不讲而已,真搞笑!要说讲讲梦里的事最不可能惹什么麻烦了,啥也不用担心……"

他跟我很亲切,看似还比较尊重我。也许是认为我是老板安排过来的人吧,但是这并不能阻止他不断地窃取东西。

我外祖母去世了,她逝去的噩耗,我是在她下葬后七个星期接到我老表的来信才知道的。他在那封简短而没有逗号的信里写道,我外祖母在去教堂门口乞讨时,在台阶上摔折了一条腿,到了第八天得了坏疽。后来我得知,我的两个表兄弟和一个表姐以及她的几个孩子(年轻而身体健康)都靠老太婆乞讨为生,严重加大了她的负担。老太婆病了,他们都不知道给找个医生来看看。

信是这么写的:

她葬在彼得巴甫洛夫墓地我们全家给她送葬还有一帮要饭的他们很爱她而且全部都哭了。爷爷也哭了他把我们撵走自己一个人待在坟上我从灌木丛里看着他哭他过不久也会死的。

我没哭,只记得当时一股寒气迎头而来。那天夜里,我坐在院子里的柴火垛上,我有一股强烈的愿望跟谁讲讲我的外祖母,讲讲她是一个多么聪慧而又热情的人,是所有人的母亲。我长久地隐藏着这个痛苦的愿望,但我找不到倾听的人,然后这个愿望没能实现,就渐渐地淡去。

多年以后,当我读到契诃夫的一篇写实短篇小说时,我又想起这些日子。契诃夫写了一个马车夫和一匹马谈他儿子的死去。很遗憾在我极度悲伤的时候,我的身旁没有马也没有狗,我也没想起来把我的悲伤讲给老鼠听,面包作坊里倒是有很多老鼠,而且我们处得还算可以。

岗警尼基福雷奇如同猎鹰一般开始在我的周围转悠,他身体结实,一头银发又短又硬,浓密的胡子打理得非常细致。他一边咂嘴一边盯着我看,就像是在看一只圣诞节前待宰的肥鹅。

"我听人讲你很爱看书啊,是么?"他问,"你喜欢看什么样的书,能说说看吗?比如讲是《圣徒传》还是《圣经》?"

"《圣经》我经常看,还有《日常功课》。"这让尼基福雷奇大为吃惊,估计都把他弄晕了。

"是吗？看书既不违法又有益处，那你看过托尔斯泰伯爵的书吗？"

我也看托尔斯泰的书，不过看起来这不是警察所关心的书籍。

"我们这么说吧，这些都是普通的所有人都这么写，但是据讲他在一些书里对神甫不屑一顾，倒是可以看看。"

"一些书"是胶印版的，我也看过，不过我觉得这些书很乏味，我懂得不应该跟警察谈论这些书。

通过几回在街面的交谈后，这个老头开始邀请我去他那里做客："到我的岗亭来吧，喝点茶。"

我当然清楚，他想从我那里得到什么，但是我仍旧愿意去他那里。跟一些机灵的人商量后，大家认为如果我总是回避这个岗警邀请，会强化他对面包房的怀疑。

于是，我到尼基福雷奇这里来做客了，在这间狭小而简陋的房间里，俄罗斯式样的炉子占了三分之一的面积，另外三分之一的地方搁了一张双人床。床上挂着印花布幔，床上是一堆红布套的枕头和靠枕，其他地方摆放着一个碗橱，一张桌子，两把椅子，窗户底下还摆了一个条凳。尼基福雷奇坐在板凳上敞开衣襟，正好挡住了仅有的小窗子。他的老婆坐在我旁边，这个女人脸色红润，胸口高高鼓起，只有二十多岁。她的眼珠是古怪的灰蓝色，眼甲有着机灵和强悍的意味，噘起红艳的嘴唇，干巴巴的声音好像是生气了。

"我听人讲,"警察说,"我的教女谢古列婕娅老去你们面包作坊,这个贱人!看来娘们全是放荡的贱货。"

"女人全是?"他老婆问。

"没有哪个不是。"尼基福雷奇十分肯定地说,还跟马儿晃动马铃一样把胸口的奖章摇得直响。他从茶碗里呷了口水,兴致盎然地重复道:"从下等的娼妇到女皇,包括女皇,没有不放浪下贱的!示巴女王为了满足淫欲穿过两千俄里的沙漠去找所罗门王,叶卡捷琳娜虽然被称为大帝也是一种货色……"

他详尽地讲述起一个烧锅炉汉子的故事,这家伙跟女皇春宵一度就从士官一路直升将军。他老婆听得很认真,不断地舔舔嘴唇,同时在桌下踢我的脚。尼基福雷奇慢条斯理地说着风趣的话,在不知不觉中就把话题转到别的地方来了:"就拿一个大一的学生普列特尼奥夫来说吧。"

他妻子叹了口气,插了一句:"长得不怎么样,但人蛮好的。"

"你说哪个?"

"普列特尼奥夫先生。"

"首先,他现在不是先生,将来可以成为先生,这要等到他上完学。眼下他不过是个普通的学生娃,这样的大学生我们数都数不过来。其次,你说他蛮好的,是什么意思?"

"总是笑呵呵的,又年轻。"

"首先,杂耍班子里的小丑也是笑呵呵的……"

"小丑是为了钱才笑呵呵的。"

"住嘴!其次,大狗也是从小狗来的……"

"小丑就跟猴子一样。"

"住嘴!我说了,住嘴!听到没有?"

"听到了。"

"这才对。"

在他老婆被压服后,尼基福雷奇转过头跟我讲话:"就像我讲的,这个普列特尼奥夫是个很有意思的人,你应该结识一下。"

由于尼基福雷奇常看到我和普列特尼奥夫一起在街上走,所以我说:"我认识他。"

"你认识他?嗯……"

他话里带着一股失望的意味,猛地从凳子上起身把胸口的那些奖章弄得直响。我立马警醒起来,因为我知道普列特尼奥夫在用胶版印刷传单。

那个女人一边用脚轻轻地蹭我,一边挑逗老头,而他像个开屏孔雀似的在我面前卖弄自己的口舌之利。他老婆在桌面下的恶作剧使我没法听老头说话,我都没发现什么时候老头的声音开始压低,语气变得沉重。

"这是一条看不见的线,你懂吗?"他两眼瞪得浑圆,盯着我的脸好像畏惧地说,"你把沙皇当成一只蜘蛛……"

"啊哟,你怎么敢这么讲!"那女人叫道。

"你闭嘴,傻瓜这样说是为了说得形象点,不是侮辱,母狗!把茶炊收拾掉。"

他皱着眉头眯起眼睛,极具感情色彩地说:"这是一条看不到的线,就像个蜘蛛网,以沙皇陛下亚历山大三世为中心,连着各部大臣、各地总督和各级官员等等一直连着我,甚至军队中最低阶的士兵。这条线把一切连接到一起,把所有的东西都网一样地围着,它就像一座无形的堡垒护卫着沙皇的世代传承的天下。但是那些被狡诈的英国女王收买了的波兰人、犹太人和俄罗斯人,打着为了人民的名头,想方设法地要弄断这条线。"

他隔着桌子俯身看着我,语气阴森地问道:"你明白吗?就是这样。因为你的面包师对你评价不错,他说你这个小伙聪明又老实,还是单身。可大学生们经常到你们面包店里晃荡,成晚成晚地到杰连科娃那里。假如只是一个人还可以解释,那么多人就不一样了。我不是说反对大学生们,今天还是个学生明天就可能是个助理检察官。大学生们都是好的,但是他们急于担当责任,沙皇的敌人又在挑唆他们,你懂么?我还要跟你说……"

可他还没来得及跟我说,门被打开了,进来一个醉醺醺的酒糟鼻小老头,卷曲的头发扎着了根皮条,手里拿瓶伏特加。

"咱们来一局吧?"他乐呵呵地问道,嘴里面讲着俏皮话,身上带着股俏皮劲。

"这是我岳父,我妻子的父亲。"尼基福雷奇郁闷地说,明显有点恼火。

没几分钟我就跟他们告辞,那个调皮的女人送我出来,关岗亭的门时捏了我一把,说:"云霞多红啊,跟火似的。"

天上一小朵金色的云彩正渐渐消失。

我不想贬低我的导师们,不过我还是要讲,这个岗警比他们更直观形象地给我描述了国家的体制。在某个角落里有只蜘蛛,以它为起点有"一条看不到的线"延伸出来,把整个生活像网一样地连接起来,牢牢控制住。我很快就学会到处体察这条线接起来的套索。

夜里,店里打烊后,女老板把我喊过去,她做出一副公事公办的样子跟我说,她被委托了解一下岗警跟我的谈话内容。

"哎呀!神啊!"她听了我详尽的汇报后,惊慌失措地叫了起来,跟老鼠一样在屋子里窜来窜去,不停摇头地问,"怎么样,面包师向您打听什么了吗?要晓得他的姘头是尼基福雷奇的亲戚啊,不是么?得把他撵走。"

我倚在门框上,皱眉看着她,她怎么这么随便就说出"姘头"这个词,我不大喜欢这点,她要赶走面包师的决定也让我不高兴。

"您一定要当心。"她说,她双眼敏锐地盯着我,就像是在询问什么我理解不了的事,跟以往一样让我有点不安。她背着手,站在我跟前。

"您为什么总是愁眉不展的?"

"前不久我外祖母去世了。"

这让她觉得有点好笑,她笑眯眯地问我:"您很爱她吗?"

"是的,您不需要了解什么了吧?"

"不需要了。"

离开后，我连夜写了一首诗，还记得诗里面反复出现的一句是："您不是您要装出来的那个样子。"

当时店里就决定，让大学生们尽量不要到店里来。见不到他们我几乎找不到人指导我读书，于是我把感兴趣的问题记到本子上。可是有一回我太累了，竟然趴在本子上睡着了，面包师看了我的本子，他叫醒我后问："你写的什么啊，'加里波第为什么不赶走国王？'加里波第是什么人？难道他可以赶走国王？"

他生气地把本子摔到柜子上，走开了，站在炉灶边嘟哝："请你说说看，国王需要他赶走吗？真搞笑，快把你这些奇怪的想法扔掉吧。看书看愚掉了！四五年前在萨拉托夫，宪兵跟抓老鼠一样地抓这样看书看愚掉的。即便没这档子事，尼基福雷奇已经注意到你了，别想着赶走国王了，当国王是鸽子吗？"

他这么讲也是出于好心，但我却不能把心里话讲给他听，因为大家不让我跟面包师谈论这些"危险话题"。

那会儿有本小册子正一时洛阳纸贵满城传阅，这本册子的内容引起人们的激烈争论。我请兽医拉夫罗夫给我找找这本册子，他面有难色地说："兄弟啊，你就不要想了，没办法。但是这几天好像有个地方在读这个册子，倒可以带你去听一下。"

圣母安息日①那天半夜，我跟着拉夫罗夫的背影在黑暗的阿尔斯克原野中走着，他距我大概五十俄丈。原野上没有人，可

---

① 基督教节日，基督教称当日耶稣的生母玛利亚结束尘世旅程，灵魂与肉体一同升天。天主教定在每年8月15日，东正教定在每年8月27日或8月28日。

我还是照着拉夫罗夫的意思,采用了"保护措施",我吹口哨哼小曲,伪装成喝高了的匠人。我的头顶是一片片缓缓飘浮的乌云,云块之间滚动着银轮般的月亮,在地上撒下片片的阴影。一个个水坑反射着像白银或钢铁一般的光芒,城市在我的后面发出阵阵沉闷怒吼。

我的引领者走到神学院后面的某个院子的围墙外停了下来,我赶忙追上去。我们悄无声息地翻过围墙,院子里杂草丛生,一碰树枝就有露水落下。通过院子我们来到一所房子前面,敲了敲密闭的窗户,有个大胡子从里面把窗户打开,身后漆黑一片,寂静无声。

"哪个?"

"雅科夫的熟人。"

"爬进来。"

进了这个伸手不见五指的屋子,我发现有很多人在这儿,能听到衣服和鞋子摩擦的窸窣声,低咳和耳语声。有人划了根火柴照亮我的脸,我能看到几个黑影子。

"都到了吗?"

"都到了。"

"把窗帘挂上,防止灯光从窗板缝里漏出去。"

一个响亮的声音怒冲冲地问:"是哪个想出来的好主意,把我们带到这么个没人住的地方来?"

"安静!"

屋子的一角亮起一盏油灯,屋里空荡荡的没有家具,只有两只木箱架着一块长板,有五个人就像乌鸦落在围墙上一样坐在板子上面,那盏灯就搁在一只竖放的木箱子上。还有三个人坐在墙根的地板上,窗台上坐了一个脸色惨白的长发青年,长得很瘦。除了他和大胡子以外这儿的人我都认识。大胡子声音低沉地说,他要给大家读的这本小册子是"曾为民粹派分子"的格奥尔基·普列汉诺夫①写的《我们的意见分歧》。

有个坐在地板上的人在昏暗的灯光里喊:"大家都知道!"

这种神秘的气氛让我很激动很快乐,神秘的诗是最好的诗。我觉得自己已然成为教堂里做早祷的教徒一样的人,想起了罗马帝国时代的地下长廊和基督徒。房间里响起了低沉的男声,字正腔圆。

"胡说。"屋子的角落里又有个人喊起来。

那边的暗处隐约地闪现着一个铜件,有点像罗马士兵戴的铜盔,我估计是炉子上的通风口。

房间里人们压低的声音交杂在一起,嘈杂混乱根本听不清楚别人在说什么。我头上的窗台上有人讥讽地大声喊:"我们还读书不?"

说话的是脸色惨白的长发青年,大家都安静了下来,屋子里只有朗诵者低沉的声音在响着。间或有人划起火柴,烟卷冒着

---

① 格奥尔基·普列汉诺夫(1856—1918),俄罗斯早期马克思主义者,早期民粹主义者。

红光,照着一张张沉浸在思考中的脸庞,有的眯起眼睛,有的瞪着眼睛。

这书读得时间一长,让人烦躁,尽管我喜欢这种能简洁明了地表达出丰富思想内涵的慷慨激烈的锐利言辞,还是听得犯困。

读书声莫名其妙地停了下来,屋子里马上被各种怒骂声占领。

"叛徒!"

"大放狗屁!"

"这是向英烈的鲜血吐口水。"

"这是在格涅拉罗夫①和乌里扬诺夫②被处死之后……"

窗台上那个青年人开口道:"先生们,大家是否可以根据问题的本质,用严肃的推理辩论代替互相无礼的辱骂啊?"

我对这些争论不感兴趣,也听不懂这些争论,对我来说要注意别人游移变换的思想是一件高难度的事情。而这些人争论时那种显而易见的自大让我更不满。

那个青年人趴下身子问我:"您就是面包师彼什科夫?我叫费多耶夫,咱们应该认识一下。说实话,在这儿没啥意思,这么吵来吵去,吵不出什么名堂,我们走吧。"

---

① 彼得堡大学学生,1887年参与民意党谋刺沙皇亚历山大三世事件,当年在彼得堡被处以绞刑。

② 亚历山大·伊里奇·乌里扬诺夫(1866—1887),列宁的哥哥,彼得堡大学学生,激进的民主主义革命者领导人之一,1887年参与民意党谋刺沙皇亚历山大三世事件,当年在彼得堡被处以绞刑。

我早就听人提过这个费多耶夫,他组织了一个很重要的青年小组。他那沉静的眼神和苍白的脸色让人心生亲近之情。

他跟我走在原野里,问我有没有工人朋友,正在读什么书,平时空不空。他很随意地说:"我听说过你们的面包店,很奇怪你们为什么要做那些没意义的事。"

我有时候也觉得我们做的事没啥必要,于是就把这个想法跟他说了。这令他很高兴,他紧紧地握住我的手,哈哈大笑。他跟我说,他后天要出去三周,等他回来后会通知我在什么地方怎么和他碰面。

面包店的生意非常好,但我本人的状况却变得更糟了,自从我们的面包店搬家以后,我的工作量加大了很多。我要做面包,还要到神学院和贵族女校逐户上门送面包。年轻的姑娘们一边从我的篮子里挑选面包,一边偷偷地塞给我一些小纸条,在这些漂亮的小信笺上,我常会看到如孩童般笔迹书写的一些让人脸红的字句。这些小姐们乐观、清爽,睁着明亮的眼睛围着篮子,做着搞笑的鬼脸,粉嫩的小手在篮子里挑挑拣拣。看着她们我很费解,到底是哪几个女孩给我写这种下流的字条呢,或者她们不明白字条里那些不正经话的含义?因此我想到了那些不堪的"欢情屋","难道'欢情屋'里也有一条'看不见的线'延伸到这儿了?"

这帮女生中有一个大胸脯的黑头发女孩,扎着一条大辫子,她把我在走廊里拦下了,小声匆匆忙忙地说:"假如你把这封信按上面的地址送到，我付十戈比给你。"她紧紧地咬着嘴唇，面红耳赤地盯着我，那黑色的眸中噙着泪水。我极为礼貌地拒绝收她的十戈比，带走信并转交给一位高等法院法官的儿子，此人是个大学生，脸上带着一种结核病人的病态红色，个头倒挺高。他要打赏我五十戈比，安静地从兜里数了一把铜角子。当我说不需要赏钱时，他把铜角子塞回裤兜，结果没放进去全撒到了地板上。

他木然地望着在地上乱滚的五戈比和七戈比的铜板，双手使劲搓来搓去咔咔直响，带着喘息声为难地说："现在怎么办，那么再见吧！我得好好寻思一下……"

我不知道他是怎么想的，但是我怜悯那位小姐。不久她就离开了那所女子中学，时隔十五年后我们重逢时她已经是克里米亚一所中学的老师，染上了肺痨，饱经生活的沧桑，言谈中很是愤世嫉俗。

白天我送完面包后才睡觉，晚上在面包作坊干活，半夜里把面包烤好送到面包店。面包店设在市立剧院旁边，散夜场的观众顺路会来我们面包店吃热乎乎的泡芙。跟着我又要揉面用于做论斤两卖的大白面包和小面包，然而靠双手揉好十五到二十普特的面粉可不是件轻巧的活计。再睡上两三个小时，又得挨家挨户地送面包，日日如此。

但是有一种强烈的愿望支配着我，这个愿望就是传播"合理的、善良的、永恒的东西"。我善于交际，能把故事讲得生动有趣，我的想象空间是由我的阅历和阅读过的书本激发出来的。没费多大劲就能把一个平淡无奇的事例编成一个有趣的故事，故事情节发展围绕着那条"看不见的线"。

第四章

我认识克列斯托夫尼科夫和阿拉富佐夫工厂的工人,我和老纺织工尼基塔·鲁布佐夫关系不错,他几乎在全俄的纺织厂都待过,他是个不安生的聪明人。

"我在这世上活了五十七年啦,我的列克谢·马克西梅奇①,我的小兄弟,我的小流浪汉啊!"他声音压抑地说道,病变的灰眼睛蕴含笑意戴着墨镜。这个墨镜是他自己做的,是他拿铜丝裹起来的,因此他的鼻梁上和耳朵背后都沾着铜绿。纺织工们管他叫"德国佬",因为他剃须时留着浓密的八字胡,下唇留下一小撮浓浓的白胡子。他是个中等个儿,肩膀很宽,天性乐观又有悲天悯人的情怀。

"我爱看马戏表演,"他把瘌痢头往左肩偏了下说,"马是牲口,它们是怎么被练出来的呢?嗯?太奇妙了。我看着这些牲口就会心怀敬意地想到,啊,这样看来人也可以练得时刻用理智做事哇。驯马师用糖来训练牲口,当然我们也可以到小卖部去买糖。我的心灵是需要糖的,糖就是亲密!小家伙,这就是讲人

---

① 阿列克谢·马克西莫维奇的昵称。

要待人亲切而不是像我们现在这样,动不动就拿棒子打人,是不是?"

他自己待人也不亲切,跟人讲话带着嘲弄人和看不起人的意味,争辩时用语简单大声反驳让人来气,这是明摆着的。我跟他是在一家啤酒馆里认识的,在几个人跑过来打他几下时,我出面拦了下来并带走他。

"打痛您了吧?"我跟他摸黑走在绵绵秋雨里时问他。

"没什么,这算什么打?"他毫不在意地说,"等一下,为什么你和我说话要用'您'呢?"

我们就是这么相识的。开始他常点到为止地打趣我,然而当我跟他讲在我们生活的世界有一条"看不见的线",这条线所起的作用时,他若有所思地惊叹:"你可不傻,一点也不傻!不错!"于是他如父亲般待我很亲密,甚至称呼我时还会加上父姓。

"我的列克谢·马克西梅奇,我的小兄弟,你的看法没错,只不过别人不会相信的,没什么好处……"

"您信吗?"

"我是一条丧家的短尾犬,老百姓则是一帮拴着狗链的看门狗,每条狗的尾巴上粘了很多苍耳子:女人、娃娃、手风琴、靴子等等。每条狗都很恋家,他们不会信你的。我们那个地方,在莫罗左夫的厂子里就发生过这样的事,谁冲在前面谁的头就被打,头可不是屁股,挨打后可要疼好久!"

在他认识了克列斯托夫尼科夫工厂的钳工雅科夫·沙波什

尼科夫以后,他的谈吐就不同于以往了。雅科夫有肺病,他是个吉他手,精通《圣经》的内容。雅科夫否认神,这个让他大吃一惊。雅科夫时不时随地乱吐来自病变的肺里带血的痰块,极力证明道:"首先,我绝对不是'神照自己的样子'①造出来的,我没见识也没能耐,也不是个善良的人,一点也谈不上善良!其次,神不知道我有多难,可能他知道但没能力帮我,或者他能帮却不想帮我。再次,神不是全知也不是全能,简单说神是不存在的!神是臆想出来的,所有这些都是臆想出来的,连整个生活也是臆想出来的,但是这骗不过我!"

鲁布佐夫听了惊得一句话也说不出来,随后勃然色变破口大骂,但是雅科夫大段地引用《圣经》里的经文,词锋锐利让他无法反驳,使得他只能蜷缩起来沉默以对。

沙波什尼科夫讲话时的模样让人害怕。他的脸瘦削黝黑,头发卷曲得像个茨冈②,一口狼一般的牙齿隐现在发乌的嘴唇后面。他黑色的眼珠直勾勾地盯在对方的脸上,他强大的意欲使人折服的目光令人难受,这叫我想起那个躁狂症患者的双眼。

我辞别雅科夫,与鲁布佐夫一路同行。走在路上,鲁布佐夫郁闷地说:"在我跟前,还没人反对过神,我从未听说过这样的言谈!不用说,这个家伙活不久了,哎呀,真可怜!他已经烈焰自焚了,有意思,兄弟啊,挺有意思的。"

---

① 语出《圣经·旧约·创世纪》。
② 俄罗斯人对吉普赛人的称呼。

他很快和雅科夫成为朋友,他有点莫名地激动,热血沸腾,不断揉着病眼。

"是这么回事。"他得意地微笑着说,"这么说,把神撇开吧?哼哼!至于沙皇,我自己的观点是:沙皇不碍我事,问题不在沙皇身上,问题在老板们身上。我还是比较认同沙皇的,随便哪个,哪怕伊凡雷帝①!请吧,只要喜欢,当你的沙皇去吧,不过请你给我约束老板的权力,就……就要这样!你给这个权力,我就用金链子把老板锁在皇位下面,我会对你顶礼膜拜的……"

他看完《沙皇就是饥饿》这本书时说:"书里写的事常有啊,写得没错啊!"

他第一次看到这本石印的小册子时问我:"这是谁给你的?写得太明白了,你转告他,我谢谢他②。"

鲁布佐夫如海绵吸水般地追求知识,他专心致志地听沙波什尼科夫那令人震惊的辱骂神的言论,连着几个小时听我讲述每本书里的东西,他高兴地仰天大笑,不断地夸赞:"人真聪明啊,是的,真聪明!"

他自己看书有难度,因为害病的眼睛不好看书,尽管如此,他依然知道很多事情,这一点经常让我惊讶不已。比如他有回说:"德国有个很聪明的木匠,连国王也常向他请教问题。"

---

① 伊凡四世(1530—1584),俄罗斯史上第一位沙皇,建立俄罗斯中央集权统治并对外大举扩张,因暴虐无情、意志坚定、功业卓著被附会以出生时电闪雷鸣的传说称为雷帝。

② 阿列克谢·尼古拉耶维奇·巴赫,感谢您!——高尔基原注

我仔细地问了些详细的问题,才搞明白他说的是倍倍尔①的事情。

"您是怎么知道这个的?"

"我就知道啊。"他简短地回答道,用小手指挠了挠痢痢头。

沙波什尼科夫不关注苦难慌乱的现实,他一门心思扑在消灭神、讥讽神甫上面,尤为憎恨神职人员。

有一次,鲁布佐夫和善地问他:"雅科夫,你为啥要总是跟神大喊大叫呢?"

他更为愤怒地吼了起来:"除了他还有什么碍着我呢,啊?我信奉他将近二十年,在他面前我老老实实忍受苦难,从不争论,一切交给他来安排,我过着清苦的生活,遵守各种清规戒律。当我研读《圣经》后发现这是臆想出来的,尼基塔,这是臆想!"

他挥舞着胳膊,就像要把这条"看不见的线"扯断一样,都带哭腔了。

"看看,就为了这个,我早早地就要死掉。"

我还有几个很有趣的老相识,我经常顺路到谢苗诺夫面包作坊去看老工友们。他们全都欢迎我,也很喜欢听我讲话。但是鲁布佐夫住在船厂区,沙波什尼科夫住在卡班河对面较远的鞑靼区,相互隔了五俄里,我很少能看到他们。他们也不能来我这里,因为我没有地方招待客人,更何况新来的面包师是个退伍

---

① 奥古斯特·倍倍尔(1840—1913),德国社会民主党领袖,是第一国际、第二国际创建者与领导者之一。

兵，跟宪兵们有往来，宪兵团后面有块地方跟我们的院子挨在一起，这些人五人六的蓝制服经常翻围墙到我们这里给汉加尔特上校买白面包或者自己买面包。另外有人已经建议我减少"抛头露面"以防给面包店带来不必要的关注。

我发现我的工作正在失去意义，没人在意店里的经营情况，直接从柜台拿钱，甚至搞到有时候没钱买面粉。这种事频繁发生，杰连科夫捋着胡子苦闷地冷笑道："我们快倾家荡产了。"

他过得很不痛快。一头红发的娜斯佳怀了孩子，像发狠的猫似的没好脸子，绿油油的眼睛恼恨地看着所有人所有事；走路时她直往安德烈身上撞，就跟没看到他一样，他则歉疚地笑着给她让道，然后长叹一声。

有时他跟我抱怨："全都不当回事，所有人看见什么拿什么。我买了半打袜子，一下就莫名其妙地不见了。"

谈袜子的事有点让人发笑，可我没笑，我清楚这个质朴无私的人在想方设法、尽心竭力地做好公益的事业。可他周边的人对他的事业态度草率，毫不在意甚至加以破坏。杰连科夫不指望那些被他照顾的人心存感激，但他有权要求别人对他更关心些，更友好些，而不是如当前这般。他家里面快完蛋了，父亲笃信宗教，患有抑郁症，小弟弟开始酗酒、嫖娼，妹妹行为失常，貌似她和那个红头发大学生的恋情并不快活，我注意到她经常哭肿眼睛。然后我心里对这个大学生非常不爽。

我感觉我爱上玛丽娅·杰连科娃，我也爱上了我们店里的女售货员娜杰日达·谢尔巴托娃——一个身材高挑、两腮红润的姑娘,她绯红的嘴角上总是挂着浅浅的微笑。总的来说,我是个情种,年龄、性格和不规律的生活都使我需要和女人交往,在这块来讲还是有点太晚了。我需要女人的爱抚,哪怕是友好的关爱,我需要可以跟人坦诚地交流,弄清楚自己跳荡杂乱的思想与感受。

我不曾有过真正意义上的朋友,那些把我看成"可造之才"的人不能让我亲近,也没法让我向他们倾诉心事,每当我跟他们讲起他们没兴趣的东西时,他们会立刻阻止我:"请您别谈这个!"

古里·普列特尼奥夫被抓了,而且被押往彼得堡,关到克列斯特监狱。这个消息是尼基福雷奇头一个跟我讲的,那天清晨他在街上正好遇到我。他胸前挂满勋章,就像是刚参加完阅兵式才回来,若有所思表情严肃地迎面向我走来,他举手到制服帽檐行了个礼,沉默地走过。但是他忽然停下,怒哼哼地对着我的后脑门说:"今天黎明前古里·普列特尼奥夫被抓起来了……"

接着他一挥手,四下看了看,压低嗓门加了一句:"这个年轻人完了!"

给我感觉,他奸诈的眼睛里好像有泪水。

我知道普列特尼奥夫对这次被捕是有预料的。此事他本人已经警告我,让我和鲁布佐夫都不要跟他碰面,他和我一样也与鲁布佐夫关系不错。

尼基福雷奇看着自己的脚下,郁闷地问我:"你怎么不过来看我?"

晚上我到他那时,他才醒过来,正坐在床上喝格瓦斯,他老婆低头坐在小窗户边上给他补裤子。

"事情是这么回事,"岗警开始讲述起来,一边抓他长满胸毛跟个熊似的胸口,一边想着什么似的看着我,"把他抓起来了,在他那找到一口锅,他在这口锅里煮油墨,用来印刷反对沙皇的传单。"

他往地板上吐了口痰,生气地跟老婆喊:"把裤子给我!"

"马上就好。"她头也不抬地回答。

"她可怜他,还哭哩。"老头拿眼瞧着老婆,"我也可怜他呀,不过一个学生,反对沙皇能有什么好处?"

他一边穿衣,一边跟老婆说:"我要出去一下,你把茶炊生好。"

他老婆呆呆地望着窗子,可当他消失在岗亭门外时,她飞快转回头握紧拳头往门口捣了几下,愤恨不已地咧嘴骂道:"呸,这个老混蛋!"

她的脸都哭肿了,左眼差点被一大块的瘀青全部都盖起来。她跳下来走到茶炊前面,弯腰到炉子上面,压低嗓门恨恨地说:"我要欺骗他,狠狠地欺骗,欺骗到他哭天抢地!你不能信他,一句都不能信!他要逮捕你,他在说鬼话,他从不可怜人。他逮人就跟渔夫逮鱼一样,您的事情他全都清楚,他就是以此为生的,逮人是他的嗜好……"

她走到我面前,依偎在我身上,声音像乞讨似的说:"你怜爱我一下,好么?"

我并不喜欢这个女人,但是她的眼睛充满怨恨且带着深深的哀伤看着我,使我不由得抱紧她,抚摸她那乱糟糟油乎乎的硬头发。"现在他在监控哪个?"

"监控雷布诺里亚德街上旅店里的一帮什么人。"

"你知道名字吗?"

她笑着回答:"好啊,我要跟他说,你跟我打听来着!他回来了……古罗奇卡就是他监控打探出来的……"

她跳回炉子那边。

尼基福雷奇带回来一瓶伏特加,还有果酱和面包,我们坐着喝茶。玛琳娜坐在我身边,刻意表现出客气得不得了的样子,用那只好眼睛不时地看着我的脸。她的丈夫开导我:"这条看不见的线,就在人们的心里面、骨头里,能把它扯掉吗?沙皇是人民的神啊。"

他忽然问我:"你看,你读了不少书,读过福音书吧?那么在你看来,那上面说的对不对呢?"

"不知道。"

"在我看来,有些话是废话,并且废话挺多的。比如说,有关穷人是这么讲的:穷人有福。他们哪有什么福?这是有点不经大脑考虑就讲出来的话。总的来说,有关穷人的话很多是令人费解的。应该把穷人和破落的富人分开来看,开始就是穷人,说明他不是好人!由富裕而破落可能是他遭难了,得这样来看问题,这要好多了。"

"为什么?"

他以那种刨根究底的目光盯着我,默不吱声然后又理直气壮地说出自己的看法,显然这是他认真思考得出来的。

"福音书里说的怜悯太多,而怜悯是没好处的东西,我是这样想的。怜悯没好处,反倒让人大把地花钱在设立养老院、监狱、精神病院等等诸如此类的地方。应该帮助健壮的人,使他们不至于白白浪费自己的力气,我们却帮助没用的人,难道可以把没用的人变得有用吗?这种没有意义的做法,减少了有用的人的力量,而没用的人却依靠有用的人养活,成为有用的人的拖累。这个问题应该好好考虑,好多问题需要重新研究啊。要清楚,我们过日子不是像福音书一样,过日子有自己的道道。你明白普列特尼奥夫为什么完蛋呢?因为怜悯,我们救济穷人,而大学生却在一个接一个地玩完,这有什么道理,你看看?"

我头一回听到用这么尖锐的语言来表述这些思想,尽管这些思想此前我也接触过好几回,这些思想比一般想象的要有生命力,流传也更为广泛。七年后,我看尼采的书时又想到那个警察所讲述的人生哲学。顺便提一下,我在书上看到的各种理论,其中少有我以前在生活中没听人讲过的。

这个上年纪的"抓捕者"说起来滔滔不绝,还用手指在托盘边上为自己的话打起拍子。他干瘦的脸上显露出严厉而阴郁的神色,他没看着我,倒是盯着擦拭得铮亮的铜茶炊。

"你得走了。"他老婆两次提醒他,他都没反应,只是一个劲地照着自己的主题思想,快速地一句一句往下说。不知不觉间,他的话题已经开始转换了:"你这个小杆子不是傻乎乎的,还有文化知识,难道就只能当个面包师吗?要是换个工作给沙皇干活,那你就发达了……"

我一边听他讲话一边想着怎么去通知雷布诺里亚德街上那些陌生人,告诉他们尼基福雷奇正在监视他们。那里的旅店里住了一个刚从亚卢托罗夫斯克流放回来的人,他叫谢尔盖·索莫夫,我曾听人说过他的趣事。

"机灵的人应该团结起来,就像蜂巢里的蜜蜂或者窝里的胡蜂一样。沙皇的天下……"

"看看,已经九点了。"女人讲。

"见鬼!"

尼基福雷奇站起来,扣好制服扣子。

"没关系,我坐马车过去,兄弟,再会!常来玩,不要客气……"

我离开这个岗亭时,对自己坚决地说,我无论何时都不会来尼基福雷奇这儿"玩"了。尽管这个老头很有意思,但他令人反感。他说的怜悯有害的话让我心里很不平静,并且印象深刻。我感觉这些话里有一些道理,令人不爽的是这些话居然出自一位警察的嘴里。

经常有人为此争论,其中一回让我特别震惊。

城里来了位"托尔斯泰主义者",这是我碰到的第一个托尔斯泰主义者。他个子高高的,黑脸膛留着黑色的山羊胡,嘴唇像黑人一样肥厚。他常弯着腰看地,有时忽然抬起有点谢顶的头。他那双湿润的黑眼睛燃烧着熊熊火焰,锐利的眼神表露出仇视的光芒。这次沙龙是在一个教授的家里举行的。来了很多年轻人,其中一个瘦高个儿、风度翩翩的小神甫是神学硕士,穿着黑绸长袍,这件黑色长袍恰好映衬他惨白秀气的脸,他那冰冷的灰眼睛带着冷冷的笑意,给他的面孔增添一些活力。

这位托尔斯泰主义者讲了很长时间有关福音书上永世不变的伟大真理,他声音沙哑,话语简洁而有力,让人感到有一种虔诚的力量在里面。他一边讲话一边用毛毛的左手重复着手势,好像把话一个个劈开——他的右手揣在兜里。

"这是个好演员。"我边上墙角有个人嘀咕。

"没错,就像在演戏……"

在这不久以前,我读过一本书,好像是德雷珀①写的有关天主教怎样反对科学的。此时我感觉就像是书里描写的某位天主教徒在讲话,这些教徒坚信爱的力量可以救赎整个世界,他们对人怜悯就可以杀戮反对他们的人,或者把他们放到火刑架上活

---

① 约翰·威廉·德雷珀(1811—1882),美国哲学家、科学家、医学家,著有《宗教与科学冲突史》。

活烤死。

他穿着宽袖头的白衬衫,外面套了件有点像大衣的旧褂子,这也让他看起来跟别人不一样。他宣教结束时,大喊:"那么,你们是跟基督在一起呢,还是跟达尔文在一起?"

他像扔石头一样给挤坐在墙角的这些年轻人提出这个问题,小伙子和姑娘们,又惊又喜地看着他。很显然他的话使大家惊呆了,大伙低下头思考起来,没人吱声。他用火热的眼神看来看去,接着厉声说:"只有法利赛人才妄图把这两种矛盾的原则扭到一起,他们一边扭一边厚颜无耻地自我欺骗……"

小神甫站起来,细心地撩起长袍的袖子,笑笑以显出谦逊宽容的样子,不紧不慢地说:"很明显,您也是对法利赛人有着庸俗的看法,这种看法不仅仅粗暴而且压根不对……"

让我惊奇的是,他开始论证法利赛人是犹太人祖训的真正的执行者,他们总是与人民一起去反对自己的敌人。

"请您去看看弗拉维奥·约瑟夫斯①的书吧……"

托尔斯泰主义者跳了起来,做出一个大砍大杀的手势,就好像要把约瑟夫斯消灭掉,他高声喊道:"我读你的约瑟夫斯干吗?人民到如今还是与敌人一起来反对自己的朋友,人民没有按照自己的意愿生活,他们是被人驱使、受人控制的。"

小神甫和一些其他人把辩论的主题弄得乱七八糟,完全偏

---

① 提图斯·弗拉维奥·约瑟夫斯(37—100),犹太军官,后被俘入罗马军队服役,又是犹太史学家、作家,撰有《犹太古史》《犹太战争史》等等。

离中心。

"真理,就是爱!"托尔斯泰主义者高声叫喊,他的眼睛透露出蔑视和仇恨的光芒。

我感觉自己被这些话打动了,但偏偏搞不清楚他的思想本质,在辩论构成的旋风中我脚下的大地开始晃动起来,我无望地想到,世上再没有比我呆的人了。

托尔斯泰主义者一边从红得发黑的脸上擦去汗水,一边狂怒地喊道:"把福音书扔掉吧,不要再扯淡了,把它忘了,把基督再钉到十字架上去,这样还更虔诚一点。"

问题摆到我的面前了,为什么?假如生活就是为争取人世的幸福而不断进行斗争,仁慈和爱只会阻碍斗争取得胜利吗?

我打听这位托尔斯泰主义者的姓名,他姓克洛普斯基,我还弄清楚了他的住址,次日晚间就去登门拜访。他住在两个姑娘家里,两个女地主。当时他正和她们一起坐在花园里一棵老椴树巨大的树冠下面。他身穿白衬衫白裤子,衬衫纽扣敞开着露出毛茸茸的胸口。他个子瘦瘦高高的,跟我想象中无家可归的苦行僧或传道的传教士形象非常一致。

他用银调羹在碟子里舀牛奶拌果子,狼吞虎咽,咂巴着厚厚的嘴巴,每吞咽一下就在稀疏的胡须上流出一些白色的牛奶。一个姑娘站在桌子边上服侍他,还有个姑娘靠着椴树双手抱在胸前,两眼迷离地看着灰色暗淡的闷热天空。她们俩都穿着轻柔的紫色连衣裙,看起来一模一样。

他对我很亲切,喜欢跟我谈关于爱和创造的话题。他说人们应当发自灵魂深处地弘扬这种情感,唯独这种情感才可以"把人与普世价值联系起来",也就是与博爱精神联系起来。

"唯有这种情感才能把人们团结起来!不懂得爱的人就没法理解生活,那些说生活的准则就是斗争的人是一伙莽撞的家伙,他们注定要消亡。用火没有办法战胜火,同理,邪恶无法以邪恶的力量战而胜之。"

姑娘们搀扶着走向花园尽头的屋子,他一边眯起眼睛看着她们,一边问我:"你是做什么的?"

听了我的话,他一边用手指敲着桌面一边又开始说人不管到哪总还是人,所以他没必要为了改变自己的社会地位去努力,只需要努力培养爱世人的精神。

"人的社会地位越低,就越靠近生活的本源真理,越接近生活'高尚的智慧'……"

有关他明白"高尚的智慧"这方面,我有点狐疑。但我没说出来,我感觉他跟我在一起打不起精神。他用不耐烦的眼光看着我,打了个哈欠,双手抱头两腿蹬直,困乏地闭上眼睛,似乎在昏昏欲睡中嘟囔:"对爱驯服……这是生活的原则……"

他突然抖了一下,抬起双手就像是要在空气里抓住什么,惶恐地看着我说:"怎么回事?我太困了,请原谅啊!"

他又闭上眼睛,好像疼得直咧嘴,牙齿紧紧地咬在一起,他上嘴唇往上翻,下嘴唇往下翻,发青的稀疏唇髭都竖起来了。

我走了，不太喜欢他，对他的真诚还产生了一点疑问。

几天后的早晨，我给一个熟识的光棍酒鬼副教授送白面包，在他家里，又遇见了克洛普斯基。看起来他是晚上没睡好，脸色不好，眼睛红肿，我认为他是喝醉了。胖乎乎的副教授醉得眼泪吧嗒的，只穿个裤子，手抱吉他坐在地板上，屋子里乱糟糟的家具移得七倒八歪，啤酒瓶扔得到处都是，地上还有扔的衣裳。他晃晃悠悠地坐在地上喊："仁……爱……"

克洛普斯基来气地尖叫："没有仁爱，我们会因爱而死掉，或者在争取爱的斗争中被打败，反正一回事，注定消亡。"

他抓着我的肩膀把我拉进屋子对副教授说："好了，你问问他想做什么？你问他需要爱世人吗？"

那副教授带着泪眼看了我一下，笑着说："这是卖面包的，我差他钱。"

他动了一下，手伸进裤兜摸出一把钥匙递给我说："拿吧，把所有的钱都拿走吧！"

可托尔斯泰主义者一把抢过钥匙，朝我挥了挥手说："走吧，下次再拿钱。"他把我的白面包拿过去摔到墙角的沙发上。

他没认出我来，这让我感觉好受些。走的时候他那句因爱而死的话在我脑子里翻滚，让我对他产生了一种极为厌恨的情绪。

不久之后有人跟我说，他向寄居的那户人家的一位姑娘求爱，然后在同一天又向另一位姑娘求爱。姊妹俩把这事当作开心事互相讲了,快乐地谈过后一起对这位求爱者厌恨起来,她们让院子里的用人通知这位胡乱传爱的传教士赶紧滚出她们的家。于是,他再没在这个城市出现过。

关于爱和慈悲在人的生活中的意义的问题非常复杂难以理解,这个问题在我心里早就有了,起初还不是很明了,但是能感觉到很不协调,后来用明确的话表达出来就是:"爱有什么用处?"

我所看过的书,充塞着基督教思想、人道主义和世人怜悯的哀叹。在那个年代我所了解的精英人士都满怀热情长篇大论地谈论这个话题。

可我所直接观察到的,几乎全是与人们的怜悯不搭界的东西。生活展现给我的是一条由仇恨和残忍构成的无尽的锁链,人们为了一点小事尔虞我诈、钩心斗角、你夺我抢。我无所谓,我所要的只有书本,别的东西毫不在乎。

只要你出门,在门口站一会儿就会发现,这些马车夫、清洁工、官僚、商人,所有人都不像我和我喜爱的人那样活着,他们另有所求,走的是别的道。那些我信任的人全都是些很孤僻的人,好像都是社会的多余人,不像社会上大部分人那样蝇营狗苟忙于生计。我觉得这种生活很蠢,很无聊。我常看到那些讲博爱仁慈的人也只是讲讲而已,实际上他们自己在生活中也是自然而然地随波逐流。

那段时期,我非常痛苦。

兽医拉夫罗夫得了水肿,脸上又黄又肿。一天他气都喘不匀地跟我说:"人们要加强其冷酷,强到所有人都受不了,每个人之间都相互厌恶,就像厌恶这讨厌的秋天一样!"

那年初秋,雨水很多,天气非常冷。在这个麻烦不断的秋天,疾病横行,不断有人自杀,拉夫罗夫不愿被水肿干掉,也服氰化钾自杀了。

"他给畜生看病,自己倒像个畜生一样死了!"兽医的房东给他送葬时这么说。这位房东名叫梅德尼科夫,是个裁缝。他非常瘦,是个虔诚的教徒,能背诵全部的圣母赞美诗。他常拿带着三个皮条的鞭子抽打自己的孩子——七岁的女儿和十一岁的儿子,还用竹竿打老婆的腿肚子,抱怨说:"民事法官训斥我,说我是跟中国人学的那套玩意儿,可除了在广告和画上面我从没在生活中遇到个中国人。"

他的工人里面有个外号叫"杜姆卡老翁"的人,他整天不爽,长着一副罗圈腿,并如此评价自己的雇主:"我有点怕那些信教的温和的人,野蛮的人一眼就能看出来,你可以避开他;可温和的人就像草丛里藏着的蛇一样,悄悄地朝你爬过来,突然给你胸前露着的地方来上一口。我怕这些温和的人……"

杜姆卡老翁是个狡猾而温和的家伙,打打小报告,他是梅德尼科夫的亲信,可他这话倒是大实话。

有时候我认为温和的人就像是石头上长的苔藓,可以粉碎生活中的石头,让它变得柔软一点,变得好一些。我注意过很多温和的人,在大多数情况下他们很机灵地适应下流龌龊的事情,他们的心思难以捉摸,乖张多变,如蚊蝇一般地呻吟,我觉得自己好像一匹被捆住的马,周围是一团团嗡嗡不停的苍蝇蚊子。

告别那个警察时我也这么想过。

秋天风雨交加,让人倍添愁绪,路灯在摇晃,阴暗的天空好像也在摇晃。一个浑身湿透的妓女拉着个醉汉在路上爬坡,抓着他的胳膊往前推,他啜泣着嘟囔什么,女人疲倦地小声说:"这就是你的命啊……"

"是啊,"我想,"有人也拉着我,把我推到这个让人厌恶的地方,让我看着这些卑鄙的事情、伤心的事情和各式各样奇奇怪怪的人,我自己已经看烦了这些。"

我看到几乎每个人都矛盾地并存着言行不一或情感纠葛之类的情形。这种情感纠葛的变幻多端让我非常难受,更麻烦的是在我自己身上我感觉到了这种矛盾对人的捉弄。我对每个方面都感兴趣,女人、书本、工人和快活的大学生都吸引着我,可我在每个方面都做不好,我既不跟这派人又不跟那派人,仿佛有个鞭子在一只无形大手之下狠狠地抽打着我,使得我像个陀螺一样不停地乱转。

获知雅科夫·沙波什尼科夫住院了,我就去看他。可在医院里,一个胖乎乎的歪嘴女人头扎白巾,耳朵红得跟煮过一样,戴着一副眼镜冷冰冰地跟我说:"他死了。"

她看我沉默地站在她身边,也不想走,就来气了,叫道:"哎,你还想干吗?"

我也生气了,说:"你个傻帽!"

"尼古拉,把他撵走!"

尼古拉正用抹布擦几根铜条子,拿起铜条子就在我背后抽了一下。我两手把他一拎,甩到街上去。他跌坐在医院台阶边上的水洼里,倒是没什么反应,瞪着我沉默了一会儿,起身说:"你这个狗东西!"

我离开医院到了杰尔查文①花园,坐在诗人的塑像边上的长凳上面,真想大闹一番惹得一群人过来制止我,这样我就可以揍他们。尽管今天是休息天,公园里却一个人也没有,公园边上也见不着个人,只有秋风赶着落叶在到处跑,路灯杆子上垂下的广告条幅发出阵阵声响。

傍晚了,公园上方湛蓝的天空渐渐暗了下来,有点冷飕飕的。我看着面前的高大青铜像,想道:雅科夫孤苦伶仃地活在世上时想方设法地要消灭神,最后却死得如此平淡。平淡得让人难过,觉得很不公平。

"尼古拉这个白痴,他应该和我打一架或者把警察叫过来把我扭到本地的警察局……"

我到了鲁布佐夫家,他正坐在那简陋屋子里的小桌旁就着一盏油灯补褂子。

"雅科夫死了。"

---

① 加甫里尔·罗曼诺维奇·杰尔查文(1743—1816),俄罗斯诗人、官员。

老头子举起拿针线的手,可能是想画十字,然而只能把手挥了挥,因为线被什么玩意儿钩住了,他轻声骂了一句。接着就开始抱怨起来:"随便讲讲啊,我们全都要死掉的,这是我们的命啊,兄弟,就是这么回事!他是死了,这里有个铜匠孤身一个人,人家也把他干掉,上个礼拜天他跟宪兵们干起来,被逮走了。是古尔卡①介绍我们认识的,多聪明的铜匠啊,跟大学生们有点勾连,听说大学生们要造反,是不是真的?来,帮我补一下这件褂子吧,我这眼睛不中用了……"

他把自己的烂褂子连着针线一起丢给我,自己反倒把手背在后面在屋子里来回踱步,一边咳嗽一边埋怨:"火头一会儿在这里一会儿在那里,只要一着火,魔鬼就上前扑灭,要把人们捂死了。嗯哼哼,这个城市太霉了,霉运当头,趁这会儿轮船还能通航,我要离开这里。"

他停下脚,挠着脑壳,自言自语:"我去哪儿呢?什么地方都去过了,是啊哪儿都去过了,临了只不过把自己走得累坏了。"

他吐了一口唾沫,接着说:"哼,这是什么日子,混蛋!过着过着,不管是心里还是身上啥也没捞着……"

他安静下来,站到靠门的墙角那里,好像在听什么动静,然后坚定地迈到我身边,坐到桌旁。

"我的列克谢·马克西梅奇,我跟你说,雅科夫把自己好好的一颗心全浪费在神上面,就算我们不承认神和沙皇,不管是神

---

① 古里的昵称。

还是沙皇也不会因此变得更好。所以也就应当人们找自个儿的毛病,把自个儿下流的日子全敲掉,问题在这儿呢! 唉,我年纪大了,赶不上趟了,很快我就会成为一个真正的瞎子,这是我受的罪啊。兄弟,缝好了? 谢谢……咱们去馆子里喝茶吧……"

在往馆子的路上,他抓着我的肩头在黑天黑地里跌跌撞撞地走着,一边嘟哝:"你记住我的话,人们再也受不了啦,总会爆发的,会把一切都捣毁,把自己的小世界也捣得粉身碎骨! 人们再也受不了啦……"

我们没能走到馆子,因为路上碰到水手们围攻妓院,阿拉富佐夫工厂的工人们护着妓院大门。

"每逢节假日,这里就有人打架!"鲁布佐夫赞许地说。当他在守护者中间看到自己的工友时,立马摘掉眼镜投入战斗,同时还鼓动大伙:"厂子里的弟兄,要守住啊! 捏死这些癞蛤蟆,干掉这些鲤鱼! 哎,哟嗬!"

人们惊讶又好笑地发现这个机灵的老家伙动作果断、灵活,他钻到驳船水手的人堆里,还击他们的拳头,用肩膀把他们顶得四仰八叉的。这伙人打得很兴奋,没什么恶意,只是为了彰显自己的勇敢和力气。在大门口他们黑压压地挤成一团,工人们也挤到他们身上,门板被压得咯吱直响。人群里传来激动的呼叫声:"打那个秃头的脑袋!"

有两个家伙爬到房顶上,死命地唱起来,还挺有节奏:

> 我们不是小偷，不是骗子，更不是强盗；
> 我们是一帮船上来的棒小伙，
> 我们是一群打鱼人！

警察的哨子声响起来了，警察制服的扣子在黑暗中忽闪忽闪的，脚下的稀泥被踩得噗噗作响，房顶上传来歌声：

> 我们朝干巴巴的河岸甩网，
> 甩到财主家里头，货仓还有粮库……

"住手！不许打倒下去的人……"
"老大爷，当心那边！"

结果，鲁布佐夫和我还有其他五个不知道是朋友还是对手的家伙，都一股脑地被带往警察局去。这时，安静下来的漆黑秋夜里，唯一陪着我们的，是一阵快活的歌声：

> 哎嘿哟，我们打了狗鱼四十条，
> 恰好缝缝几件大皮袄！

"伏尔加河上的人真不赖啊！"鲁布佐夫赞叹道，他不断地擤鼻子，吐口水，小声跟我说，"你跑吧！找到机会就跑！干吗要进警局呢？"

我和跟在我后面的一个水手跑进一条小巷子,翻过一面围墙。可那夜以后,我再没能见到那个机灵的可爱的尼基塔·鲁布佐夫了。

我的周围变得很寂寞,大学生们开始搞学运,学运的意义我不清楚,它的缘由我也弄不明白。我只看见学生们在欢快地奔走忙碌,没感觉其中有什么悲惨的事。于是我想象,为了能享受这种上大学的幸福,我都可以去承受残忍的折磨。假如有人跟我说:"你去上学吧,条件是逢到礼拜天要给我们在尼古拉耶夫广场上用棍子揍一顿!"即便条件是这样,我也肯定能接受。

我顺路到谢苗诺夫的面包作坊,听做小面包的工人们说,准备到大学附近殴打大学生。

"我们用秤砣砸。"他们兴高采烈地带着气说。

我和他们吵了起来,互相谩骂,可是忽然之间,我近乎恐惧地发现,我既无意也无法来为大学生们辩解。

那天晚上,离开面包作坊的地下室时,我好像废掉一样,心里面极其苦闷,无法排遣。那天晚上,我坐在卡班河畔,一边向黑黢黢的河里扔石子,一边脑子里翻来覆去地想着几个字:"怎么才好?"

为了排遣苦闷,我开始学小提琴,每天夜里在店里吱吱呀呀地拉着,把打更的人和地下室里的老鼠折腾得死去活来。我爱好音乐,投入极大的热情来学。可我的老师,一个剧院乐队的小提琴手,在授课间隙,趁我出门时竟打开我没锁好的柜子。我回来时，正好看到他把钱塞满了自己的几个衣兜。看到我进来，他一伸头，把那张刮得干干净净的脸郁闷地送过来，小声说："哎，打吧。"

他的嘴巴在发抖，大颗亮晶晶的泪水从他无神的眼睛里掉了下来。

我很想揍这个小提琴手一顿，但是为了克制自己，我坐到地板上，把两只拳头压到大腿下面，勒令他把钱放回柜子里面。他把钱从几个兜里全部掏出来，走到门口时停下来，用那傻帽似的尖锐难听的嗓音说："给我十个卢布吧。"

我给了他钱，学小提琴的事从此作罢。

到了十二月份，我一度打算自尽。我在短篇小说《马卡尔生平一事》里曾试图描写这个打算的动机，但是我没写好，小说写得很糟糕，空洞不真实，让人反感。我认为，它值得称道的地方恰恰在于小说没有体现那种真实性，事情都是真实的，可讲出来好像这些事跟我无关，这个小说也不像是在写我自己。如果不谈这篇小说的文学价值，那么这篇文字能使我愉悦的就是好像我可以克制自己的情绪了。

第五章

我在市场上买了把军鼓手用过的左轮枪,枪里有四颗子弹。我对着自己的胸前开了一枪,本以为能打中心脏,可子弹只是穿过肺叶。一个月后,我羞愧难当地回到面包作坊上班,我觉得自己真是个傻帽。

可没过多久,三月底的一个晚上我从面包作坊到面包店里的时候,在女售货员的房间里看到了霍霍尔,他靠窗坐着,抽着一支粗大的烟卷,眼睛盯着烟圈像是在想什么事。

"您有时间吗?"他直截了当地问道。

"有二十分钟空闲。"

"坐下来吧,我们聊聊。"

他和平常一样,穿一件紧绷的不知道是什么皮子的卡萨金衣服,宽阔的胸前挂着乱糟糟的浅颜色胡子,强悍的额头上立着剃得很短的硬发,脚上套着农民穿的那种沉重的靴子,靴子发出刺鼻的焦油味。

"哎,"他和声细语地说,"您想不想到我那里去,我住在克拉斯诺维多沃村,离这里四五十俄里,在伏尔加河下游。我在那里开了家小店,您帮我打理生意,不会占您太多时间,我还有些不错的书,我可以帮您学习,您愿意吗?"

"我愿意。"

"请您礼拜五上午六点钟到库尔巴托夫码头,找下从克拉斯诺维多沃村来的平底木船,船东叫瓦西里·潘科夫。不过也不用打听,我会在那里的,会看到您,再会啦!"

他起身伸给我一只大手,另一只手从怀里掏出一块厚实的凸面银壳怀表说:"我们只谈了六分钟!嗯,我的名字是米哈伊洛·安东诺夫,姓罗马斯,就这样啦。"

他转头就走,壮硕的身躯移动得很轻快,健步离开。

过了两天,我就乘船去往克拉斯诺维多沃村。

伏尔加河才刚解冻,上游过来的浑水上浮动着一块块易碎的灰褐色冰块。冰块荡过来荡过去,平底木船穿过这些浮冰时,船舷跟冰块碰擦发出喀啦喀啦的响声。冰块跟菱形结晶体差不多,被撞得四下散去。上游吹来的风嬉闹着把浪花推到河边,阳光照得人眼花,有些跟蓝玻璃有点像的冰块反射着一道道耀眼的白光。平底木船装满了木桶、袋子、箱子,张起帆乘风而走。掌舵的是个年轻的农民,叫潘科夫,衣着讲究,上衣是熟羊皮的,胸前装点着五彩线绣的花纹。

他表情严肃,目光冷峻,不太吭声,看起来不大像农民。潘科夫的雇工库库什金,两手撑着船篙,叉腿站在船头。他是个农民,头发乱蓬蓬的,身上农民穿的粗呢子衣服又破又旧,腰上扎了根草绳,头上戴着皱巴巴的修士帽,脸上全是青一块紫一块的伤。他用长篙推开浮冰,不屑地骂着:"闪开……往哪冲……"

我和罗马斯一起坐在船帆后面的木箱上,他小声地告诉我:"农民不喜欢我,尤其是那些富农!您到那里也会被冷落的。"

库库什金把篙子横放到自己脚跟下,把伤痕累累的脸朝向我们,很开心地说:"安东内奇①,那个神甫尤其不喜欢你……"

"确实如此,"潘科夫证实此事。

"那个狗日的杂毛,看你就像是喉咙里卡着骨头啊!"

"不过我还有很多朋友,你也会有的。"我听到霍霍尔轻轻地说。

天很冷,三月的阳光尚不足以驱走大地的寒冷,河岸上黑呼呼的秃树枝在摇摆,道沟和石头河堤上的灌木丛下面还残留一些如天鹅羽毛般的积雪。河上到处漂着浮冰,就像是羊群,我觉得自己恍若置身梦境。

库库什金一边装着烟斗,一边在那边瞎侃:"即便你不是神甫的老婆,按照他的职务他也需要像书里要求的那样去爱每个人。"

"被谁打伤的?"罗马斯微笑着问。

"这个呀,搞不清楚是什么坏蛋,差不离应该就是那些街头混混。"库库什金不屑地说,接着又得意洋洋起来,"有一次,我一个跟九个打啊,是真正的打,我都不知道自己怎么活下来的。"

---

① 安东诺维奇的昵称。

"他们干吗要打你?"潘科夫问。

"你是说昨天,还是几个炮兵们打我那次?"

"额,昨天是怎么回事?"

"他们干吗要打我,这个怎么弄得清楚?我们这儿的人就跟山羊一样,有点小事就顶撞起来!大家都把打架当成是自己的责任!"

"在我看来,"罗马斯说,"人家揍你是因为你话多,你讲话没遮没拦的……"

"可能是这样吧,我这个人天性好奇,爱打听事儿,就想知道什么新鲜事情。"

船头猛地一下撞在浮冰上面,船帮砰的一下发出猛烈的声音,库库什金晃了一下,马上把篙子抓起来,潘科夫责怪他:"你看着点船头,斯捷潘!"

"你不要跟我说话啦!"库库什金一边撑开浮冰一边嘟嘟囔囔,"我可没法边说话边干活。"

他们俩随意地拌起嘴来,罗马斯对我说:"这儿的地不如我们那里好,可人比乌克兰好多啦,个顶个的能干啊!"

我聚精会神地听着他的话,并对他的话奉若纶音。我喜欢他从容自在的样子和简洁明了又分量十足的话语,还有他自然平和的讲话方式。我认为此人不凡,见多识广,且待人接物恰如其分。我很高兴他不问我为啥要寻死。换成其他人可能早就问了。我对这个问题头疼得要命,让我怎么回答,天晓得我为什么要寻死。如果霍霍尔问我,我的答案大概会又臭又长。总之我是压根就不愿回忆这件事,伏尔加河上的航行真是太美妙了,那么自由,那么开阔!

平底木船靠着右边的高岸航行,左边的河面非常开阔,一直伸展到远远的地方,河水淹过对面的沙岸上的草地。此时,正值一年水大的时候,波浪摇曳,拍打着沿河的灌木丛,一道道清冽的春水,顺着数不清的浅溪和裂缝流淌而来,汇入滚滚大河里。太阳微笑着,阳光下几只黄嘴鸦雀乌黑的翎毛光彩熠熠,发出钢铁般的光。它们呀呀乱叫,忙着筑巢垒窝。朝阳的地上已经长出片片新绿嫩草,毛茸茸地迎着太阳生长,可爱动人。我身上虽然有些冷,心里面却兴起阵阵喜悦,也萌发出心向光明的嫩芽,春天的大地,真是令人心旷神怡啊。

我们抵达克拉斯诺维多沃村已是临近中午。险峭的高山上矗立着一座蓝顶的教堂,自教堂往下顺着山坡是连绵不绝的一座座漂亮结实的上好木屋。阳光下,黄色的木板房顶和锦缎似的草屋顶闪烁着光芒,眼前一派朴素而又美丽的景象。

我在轮船上曾经过这所村子好多回,回回都被它迷住。

我和库库什金一起卸下平底木船上的货物,罗马斯从船舷上把货传给时我说:"您还是充满力气啊!"

接着他眼睛不朝着我问:"胸口还疼么?"

"一点儿也不疼了。"

他委婉的询问让我心生感激,因为我特别不愿意让这儿的农民知道我曾寻过死。

"力气,你是足够了,干这份活儿应该绰绰有余。"话痨库库什金开始唠叨了,"小伙子,你是哪个省的?下诺夫哥罗德?人家开玩笑讲,说你们是靠水吃饭的。还有句俗话'要看鸥鸟从哪飞',也是你们说的啊。"

一个瘦高个农民,长着密密的浅棕色头发,胡子卷曲着,只穿衬衫和单裤,光着脚顺着山坡大步跨下来。他趟过一条银光闪闪的小溪,在淤泥里连滑带走踉踉跄跄地爬上河岸,声音洪亮地亲切问候:"欢迎你们!"

他打量一下四周,弯腰捡起几根粗杆子,把两根粗杆担到船帮上,纵身一跃上了木船,开始指挥:"脚踩着杆子那头,别让杆子从船上滑下去,拿手接桶,小伙子过来帮忙。"

他长得就像画里的帅哥,看起来也很壮实,脸色红润鼻头高挺,那双蔚蓝的眼睛闪耀着光芒。

"伊佐特,你会伤风的。"罗马斯说。

"我啊,就不用担心了。"

我们把煤油桶滚到岸上,伊佐特眼睛看着我问:"你是店里的伙计?"

"跟他搞一架。"

"人家又打伤你的脸啦?"

"又能拿他们怎么着?"

"他们?是些什么人啊?"

"就是打人的那些家伙呗……"

"唉,你啊!"伊佐特说着叹了口气,又跟罗马斯说,"拉货的大马车很快就下来。我老远就看到你们了,看到你们的船开过来,开得不错。安东内奇,你走吧,我在这照应一会。"

能看出来,这个人对罗马斯友好且关切,就像是监护人似的关心他,尽管罗马斯看起来比伊佐特要大十多岁。

半小时后,我已经坐到一所崭新木屋干净舒适的房间里了,墙上的树脂和麻料的味道还没散尽。一个眼光敏锐的女人麻利地摆开桌子准备饭食。霍霍尔从手提箱里取出几本书,放在壁炉旁的书架上。

"您的房间在阁楼上面。"他说。

从阁楼的窗子向外看,可以望到村子的一部分,对面是条沟壑,沟壑的灌木林里间或能看到很多浴室的屋顶。沟壑后面有一片果园和黑色的土地,一直延伸到蓝色森林的山坡和地平线外。在一个浴室的房顶上,坐了个身着蓝衫的农民,他手握斧头一手罩眼看着下方的伏尔加河。大车在咯吱作响,母牛累得哞哞叫唤,一条条小溪哗哗地流淌。这时候一个身穿黑衣的老太婆从一所木屋里走出来,又转头朝着门里恶狠狠地骂道:"你们这些该死的小东西。"

原来有两个小男孩在费心竭力地用石块和泥巴拦住小溪,听到老太婆的声音他们飞快地从她旁边跑走,老太婆在地上捡起一块木片,吐了口唾沫在上面然后丢到水里。她那穿了男式靴子的脚踩掉孩子们的"大坝",随后继续朝伏尔加河走去。

我在这该怎么过呢?

他们叫我去吃饭,阁楼下面伊佐特坐在桌前伸直了两条腿,他的脚都冻紫了,他正说着什么,看到我下来就闭嘴不谈了。

"你怎么了?"罗马斯皱眉问道,"继续说。"

"没什么好说的了,全都说完了。就是说大家做了这样的决定:我们自己对付一切困难。你出门带上手枪,要不就拿根粗棍子。你自己要注意,巴里扬诺夫在场时讲话要当心,他和库库什金一样是个大嘴巴。小伙子,喜欢钓鱼吗?"

"不喜欢。"

罗马斯说起组织农民和小果园所有者的必要性,要把他们从二道贩子手里解救出来。伊佐特仔细听完他的话后说:"那些富农不会那么容易让你好过的。"

"那就走着瞧。"

"是啊,就这么办!"

我看着伊佐特,想道:"卡罗宁[①]和兹拉托夫拉茨基[②]也许就是以这样的农民为原型写的小说……"

难道我已经接近某些重要的事,就要跟这些实干的人一起工作了吗?

[①] 斯·卡罗宁(1853—1892),十九世纪俄罗斯民粹派文学家。
[②] 尼古拉·尼古拉耶维奇·兹拉托夫拉茨基(1845—1911),十九世纪俄罗斯民粹派文学家。

饭后伊佐特说:"米哈伊洛·安东诺夫,你别着急,好事不是一天就成的,要慢慢来!"

他走了以后,罗马斯感慨地说:"这个人聪敏、实诚,可惜文化不高,看书很吃力,不过他学习认真,您就在这方面好好帮帮他吧。"

他让我熟悉店里面各式商品的价格,一直搞到天黑以后。他跟我说:"我卖的东西比村里另外两个小卖部便宜,这当然恼了他们。他们经常坑害我,还打算把我打死。我住到这里不是因为我在这里心情愉悦,或者做生意赚钱,而是为了别的原因。这方面我的目的,跟你们的面包店是一致的……"

我告诉他,我已经猜到了。

"对啊,启发民智不是吗?"

小店已经打烊,我们举着灯在店里走来走去,这时候街上也有个人小心地在泥泞的土路上扑哧扑哧地走着,不时脚步沉重地走上台阶。

"您听见了吗,有人在走路!这是米贡,一个恶畜般的穷鬼,他专干坏事,就像漂亮娘们喜欢卖弄风骚一般。您和他说话要当心,总之和谁说话都要谨慎……"

接着他在房间里抽起了烟斗,他宽阔的后背倚靠在壁炉上,眯着眼睛穿过胡须吐出丝丝烟雾。他字斟句酌、简单明了地告诉我他早就发现我在忙碌中空耗青春了。

"您是一个有才干的人,性格顽强,看来您心里有着美好的愿望。您是需要认真地学习,不过不是这样学习:只跟书本打交道,不跟人打交道。有个教派的长老说得很好,'任何学问都来自人民'。接受人民的教导要比看书来得痛苦,他们的教导是深刻的,会让你牢牢记住。"

他说的首先要唤醒农民理智的意识这些话,我都很熟悉,可在这些熟悉的话里我领悟到更加深刻新颖的意思。

"你们那里的大学生们滔滔不绝地空谈什么对人民的爱啊之类,对于这个问题,我是这么跟他们说的,'不能爱人民,爱人民只是句空话'……"

他翘起胡须微笑起来,用直指人心的眼神看看我,接着又在屋子里走来走去,继续生动有力地说:"爱,意味着认同,迁就,不指责,宽恕。对待女人需要如此,难道对待人民的愚昧可以装作看不见,不加指责吗?对他们的糊涂思想也要赞同吗?对他们任何卑鄙的行为可以迁就,对他们穷凶极恶的行径可以宽恕吗?不能吧?"

"不能如此吧?"

"你明白了吧,你们那里的人都在阅读传唱涅克拉索夫[①]的诗歌。你要知道,光读涅克拉索夫的诗是不会有什么出息的!应该去教导农民,'弟兄们虽然你们人不懒,可是你们的日子过得很糟糕。你们没办法使自己的日子好起来,野生动物还要比

---

① 尼古拉·阿列克塞耶维奇·涅克拉索夫(1821—1877),俄罗斯诗人,出生于乌克兰军官家庭,作品开创"平民风格",诗作多描写农民生活。

你们更善于保护自己照顾自己呢。就是你们这样的农民也应该能成为各种人才,贵族、神甫、学者和沙皇,所有这些人过去都是农民,知道了吗,懂了吗?对,你们要学会过日子,别让人家欺负你……'"

他去厨房让厨娘生起茶炊,接着给我展示他的藏书,几乎都是科学方面的,比如:巴克尔①、莱伊尔②、哈特波尔·勒启③、拉布克④、泰罗⑤、穆勒、斯宾塞⑥、达尔文等大家的作品,也有俄罗斯作家皮萨列夫、杜勃罗留波夫⑦、车尔尼雪夫斯基、普希金等人的作品,还有冈察洛夫⑧的《战舰巴拉达号》和涅克拉索夫的一些作品。

他的大手摩挲着这些书籍,就像是在摩挲着宠物猫一样,感慨万千地说:"多好的书啊!这本书尤为珍贵,检察机构当时要把它烧了,您要想知道国家是怎么回事,就要看看这本书!"

他拿给我一本霍布斯⑨的《利维坦》。

"这本书也是讲述国家的,而且比较容易懂,也更有意思!"

---

① 巴克尔(1821—1862),英国历史学家。
② 莱伊尔(1797—1875),英国地质学家。
③ 哈特波尔·勒启(1838—1903),爱尔兰历史学家、评论家。
④ 拉布克(1834—1912),英国科学家、人种学家。
⑤ 泰罗(1832—1917),英国社会学家。
⑥ 斯宾塞(1820—1903),英国哲学家。
⑦ 杜勃罗留波夫(1836—1861),俄罗斯革命民主主义者、文艺批评家、记者、诗人。
⑧ 冈察洛夫(1812—1891),俄罗斯作家、官员。
⑨ 霍布斯(1588—1679),英国哲学家、政治思想家。

这本有意思的书是马基雅维利①的《君主论》。

喝茶的时候,他大概跟我说了下他的身世。他是切尔尼戈夫省一个铁匠的儿子,在基辅车站当过列车润滑工,在那儿认识了一些革命者,组织过一些工人自习小组。他被抓起来,坐了两年牢,后来又被流放雅库茨克州,服了十年流放役期。

"开始时我和雅库特人一起住在一个兀鲁斯②里,我想我完了。要知道那地方冬天是真他娘的冷,人的脑子都给你冻住了,反正在那里智慧也毫无用武之地。后来我时不时能在不同的地方碰到俄罗斯人,尽管不多,还是有俄罗斯人了!就像是为了让那里的俄罗斯人不感到孤单,时不时送几个俄罗斯人到那里去。他们都不错,有个大学生叫弗拉基米尔·柯罗连科,他现在也回来了。有段时间我们关系很好,后来意见不合。我们在好多地方都很像,但彼此相似的人往往成不了朋友。他是一个严肃认真的人,多才多艺,甚至能画圣像画,我不喜欢这个。听说他现在给几家杂志社写稿子,写得不错。"

他讲了很长时间,一直讲到深夜。看来他是希望我尽快进入角色,成为像他那样的人。我头一次感觉到,与他人之间如此友好坦诚。自从我尝试自尽后,我对自己彻底否定,觉得自己猥琐不堪,在他人面前是个罪人,感觉很羞耻。估计罗马斯理解我

---

① 马基雅维利(1469—1527),意大利政治家、政治学家、史学家,近代政治思想奠基人。

② 雅库特的行政单位,相当于乡镇。

这种心理状态,于是向我敞开心扉谈起自己的往事,让我振作起来。这是我终生难忘的时刻。

礼拜天,教堂里的祷告结束后,我们的小卖部开始营业,马上就有很多农民聚集到台阶上。第一个过来的是马特维·巴里诺夫,他是个邋遢鬼,头发乱糟糟的,双臂颀长有点像猴子,那女人一般秀气的眼睛悠闲地看着东西。

"城里有什么新鲜事吗?"他打完招呼后问道,也不等人回答就冲着库库什金嚷嚷,"斯捷潘!你的猫又吃了只公鸡!"

他马上又讲起省长从喀山去彼得堡觐见沙皇的事情,说省长为了让沙皇下令把鞑靼人全迁到高加索和突厥斯坦,到处钻营。他夸奖省长:"是个聪明人,知道自己该干什么……"

"这都是你自己凭空想象出来的。"罗马斯淡然地说。

"我?啥时候?"

"那就不晓得了……"

"安东内奇,你这么不信任人啊!"巴里诺夫责怪他,故作姿态地摇头晃脑,"但是我很同情鞑靼人,他们哪里会适应高加索啊。"

一个瘦小的人怯怯地走进来,他穿着不合身的破旧束腰细褶长外套,时不时痉挛一下的苍白面部都走形了,乌黑的嘴唇显露出病态的微笑;他左眼带着寒光眨巴个不停,眼睛上面被伤疤隔阻的灰白断眉不时抖动。

"向米贡致敬!"巴里诺夫嘲弄他,"昨晚又偷什么了?"

"偷了你的票子。"米贡向罗马斯脱帽致意后高声答道。

我们木屋的主人同时也是我们邻居的潘科夫从院子里出来了。他穿着西服上衣,脖子上扎了根红领带,脚上穿双橡胶靴子,胸口挂着像缰绳那么长的银链子。他怒视着米贡:"老鬼,你要是再钻到我的菜园里,我就拿棍子敲断你的腿。"

"又是这个话,"米贡不咸不淡地说,叹了口气又说,"你要是不打人,是不是就活不下去了?"

潘科夫又骂他,然后他说:"有那么老吗?我才四十六啊。"

"可去年圣诞节你就五十三了,"巴里诺夫喊道,"你自己说过五十三啦,撒什么谎啊?"

又来了个颇有风度的大胡子老人苏斯洛夫(我已经记不清这些农民的名字,大概把他们的名字记错了或搞混了)和渔夫伊佐特,就这样聚了十多个人。霍霍尔坐在店门口的门廊里,抽着烟斗静静地听着农民们交谈;他们就坐在门廊下面的台阶上面和台阶两边的长凳上。

那天很冷但是阳光灿烂,刚度过寒冬的蔚蓝天空飘着一朵朵白云,阳光和云彩的影子在小溪和水坑里不时掠过,水面上反射着明亮的光芒,有时候炫人眼目,有时候又像天鹅绒一般柔和地抚摸着人们的眼睛。姑娘们穿起绚丽的盛装,像开屏的孔雀迈着轻盈的步伐从这条下坡的街道朝伏尔加河走过去。姑娘们过水坑时提起裙子下摆,露出铁青色的皮鞋,抬脚跨过去。孩子们扛着对他们而言过长的鱼竿一路跑过,中年农民经过这里时会歪头看看我们,不吭声地抬一抬便帽或大檐毡帽示个意。

米贡和库库什金在细声慢语地探讨一个稀里糊涂的话题,地主和商人打起来谁更厉害些?库库什金说商人厉害,米贡则是地主的拥趸。他的大嗓门很快盖过库库什金磕磕巴巴的讲话。

"有一回芬格罗夫先生的父亲抓住拿破仑·波拿巴的胡子,芬格罗夫先生跑来揪住他们的衣领,把他俩的脑袋一对碰两个人都倒下去了。"

"那样来一下,你也得倒下。"库库什金表示赞同,他又说,"哪,不过商人吃的比地主可多了啊……"

仪表不凡的苏斯洛夫坐在最上面一层台阶,抱怨说:"米哈伊洛·安东诺夫,现在泥腿子在田里面也不安生了,要搁以前在地主老爷眼皮子底下哪个敢混日子啊,每个人都要按部就班地干活……"

"那你就打个报告,请求重新实行农奴制啊。"伊佐特插话了。罗马斯瞅了他一眼,没吱声,在栏杆上敲着烟斗把里面的残灰弄掉。

我在等,等他什么时候会讲话。我听着农民们在聊天,开始想霍霍尔会怎么跟这些农民开口。我觉得他好像错过了好几次可以接上的话茬。可他不为所动,还是保持沉默,像个木头人一样坐在那里,一会儿看看风吹皱了水坑里的水,一会儿看看天上的被吹成大块灰色云团的云彩。轮船的汽笛声从伏尔加河上传来，姑娘们高亢的歌声伴着手风琴欢快的调子从下面的河畔飘上来。有个醉汉打着嗝挥舞着手臂，嘟嘟囔囔两脚踉跄地往坡下走去。农民们说话说得越来越慢，从他们的话语里透出其中的苦闷和忧郁。我也感到有点郁闷，寒冷的天空看起来像是要下雨，想起城里各式各样的热闹，人来人往的喧嚣，他们言辞激烈滔滔不绝，很多话直接打动灵魂。

晚上喝茶的时候，我问霍霍尔打算什么时候跟农民们交谈。

"谈什么？"

"哦，"他问了我的想法，然后说，"我要是在大街上跟人讲这些，人家会把我再送到雅库茨克去……"

他把烟斗装好烟丝，点着火开始抽起烟来，很快就笼罩在烟雾中。他从容地跟我谈起来，所说的话令人难忘。他说农民谨小慎微戒备心强，他们担心自己，害怕邻居，尤其害怕陌生人。他们获得自由还不到三十年，现在四十岁以上的人刚落地就是奴隶，这一点他们并没有忘记。他们不能理解什么自由之类的东西。说起来很简单，自由就是我想怎么过就怎么过嘛。但是到处都是能管住你的人，他们都可以干涉你的生活，沙皇把农民从地主手里夺出来，所以沙皇成了所有农民唯一的主人。假如再问他们什么是自由，他们或许会说将来沙皇会告诉他们什么是自由。农民非常信赖沙皇，信赖这所有国土和财富的唯一主人。他既然能从地主手里抢走农民，也就能从商人手里抢走轮船和店铺。农民爱戴沙皇，他们的观点是主人多了不是好事，只有沙皇一个主人最好。他们在等着沙皇告诉他们可以自由行动的那一天,到时候每个人想拿什么拿什么,每个人都在盼着这一天,每个人都担心,满怀戒备,生怕错过这个大分配的决定性时刻。他们忧心忡忡:想要的东西很多,而且也有那么多东西,可你怎么去拿啊?大家都眼巴巴地看着同样的东西。何况到处都有管事的人,他们都敌视农民,也敌视沙皇。要是没有这些管事的人也不行啊,那大家不就会为了抢点东西打得你死我活?

狂风把春天的大雨打到玻璃窗上啪啪作响,雾蒙蒙的水汽在街上弥漫。我的心里也雾蒙蒙的,不由得开始发愁,罗马斯胸有成竹不紧不慢地说:"要引导农民,让他们学会从沙皇手中夺取权力,告诉他们人民有权在自己人里选举地方长官,既要选警长又要选省长,甚至还要选沙皇……"

"那还得一百年!"

"难道你想在圣三一主日①前办好所有的事?"霍霍尔严肃地问我。

晚上他到别的什么地方去了,大概十一点钟,我听到街上响起了枪声,开枪的地方就在附近。我冒着雨跑上街,正好看到米哈伊尔·安东诺维奇高大的身影朝大门走来,他不慌不忙地避开街上一股股水流。

"您过来干吗,是我开的枪……"

"朝什么人?"

---

① 传统基督教节日,又称三位一体节。

"我看到有几个人拿着尖木棍朝我冲过来,我喊:'别找麻烦,我要开枪了。'可他们不管不顾,我就朝天放了一枪,反正天空也打不烂……"

他站在过道里脱掉外衣,用手捋掉潮乎乎的胡子上的雨水,鼻孔里发出像马鼻子那样呼呼的声音。

"我这双倒霉的靴子有洞了!得换一双。您会擦枪么?请帮我擦擦,要不然会生锈的,记得抹上一点枪油……"

他镇定自若,灰色的眼睛里流露出来的是沉着和坚强,令人钦佩。他在屋子里对着镜子打理胡子,警告我说:"您在村子里走动要当心,尤其是节假日的晚上,可能他们也会袭击您。不过您不要随身带着棍子,这会招那些爱打架的人,甚至会让他们以为您胆小怕事。不用怕!他们自个儿其实才是胆小鬼……"

我的生活开始变得好起来,每天都能接触到重要和新鲜的事。我开始阅读那些科学书籍,这方面罗马斯给我以指导:"马克西梅奇您最好先看这方面的书,这门学科里有人类最智慧的结晶。"

伊佐特每个礼拜来三晚跟我学认字。开始他还不信任我,时不时会露出嘲笑的意思,但是我给他上过几回课以后,他友好地说:"你讲得真好!小伙你真该当老师……"

有一次他突然提议:"看你好像挺有力气的,咱俩拉棍子比试比试?"

我们在厨房里找了根棍子,坐在地板上各执棍子一端彼此两脚相抵,尽量把对方从地板上拉起来。我们较量了好一会儿,霍霍尔微笑着给我们在一边打气:"哎,加油,用力!"

最后伊佐特把我拉起来了,这似乎让他很高兴。

"这没啥,你挺壮实的!"他安慰我,"可惜你不喜欢逮鱼,否则你可以跟我去伏尔加河上,夜里的伏尔加河美得跟天堂一样。"

他爱学习,成绩显著,有时候自己都感到惊讶。上课的时候他动不动会突然站起来,从书架上拿出一本书,拧着眉头吃力地念上两三行,然后满脸通红惊喜地看着我说:"你看我念下来了,这稀奇!"

接着他闭上眼睛背诵刚念的诗句:

山鹬在荒凉的田野上空呻吟,
如同母亲俯在儿子荒凉的坟墓上哭泣……①

"你看到了吗?"

好几回他都压低嗓门小心翼翼地问我:"兄弟,你给我讲讲,这是为什么呢?怎么人一看到这些黑色的符号,他们就成了一句话了?我懂这些话,就是我们常说的话,我们说的话啊!我怎么就懂了呢?也没哪个人在我耳边悄悄地提醒我啊。如果这是一幅画,嗯,就很容易看懂,可这个好像是把人的想法本身印到

---

① 出自涅克拉索夫长诗《萨沙》。

了书本上,这是怎么做到的?"

我能告诉他什么?我跟他说"不知道",这让他很失望。

"这就像是魔法!"他叹了下气,照着灯一页一页地翻起书来。他像孩子般纯真,显得非常憨厚可爱,我越看他越像很多书里描写的农民那种憨厚的形象。他跟许多打鱼人一样会吟诵诗歌,喜欢伏尔加河,喜欢宁静的夜晚,喜欢一人独处,喜欢坐看生活变迁。

他仰望满天星斗,问我:"霍霍尔说过,星辰上或许有很多跟我们差不多的人,你说呢?这话对吗?给他们发个电报问问他们过得怎么样,可能会比我们过得好,日子更好些……"

实际上伊佐特对自己的日子挺满足的。他是个孤儿,没有一块土地,没有谁可以依赖,就靠着自己喜欢打鱼平平静静地活了下来。不过他不喜欢那些农民,总是警告我:"你不要看他们现在热情,实际上一肚子坏水,谎话张口就来,你可不能相信他们!现在他们对你挺客气的,明天可能就翻脸无情。他们每个人都自顾自,把大伙儿的事当成是苦役一样。"

他是个心地善良的人,可说起乡间的富农居然会如此痛恨。

"他们凭什么比别人富裕呢?因为他们比别人会耍小聪明。小伙子你要是机灵的话就应该记住:农民应该团结协助,一条心才能有力量!可你看看他们在村里面窝里斗,就像一团散沙,他们就喜欢搞得乱七八糟最后自己害了自己。这帮人成事不足败事有余,可霍霍尔还为他们操碎了心……"

伊佐特长得很俊,身强力壮,女人们都很喜欢他,也把他弄得不能消受。

"没办法,在这方面我被女人们宠坏了。"他由衷地自责,"对人家老公来说这是种侮辱,假如换成是我,我也会觉得被侮辱了。可是对女人来说我又不能不怜爱她们,她们简直就是你另一个灵魂。她们的日子过得没有滋味,没人怜爱;她们如牛马般地干活,除了干活还是干活。做老公的没空怜爱她们,我却自由自在大把时间。有很多女人结婚后第一年就被自家男人饱以老拳,确实这方面都怪我,我常去勾引她们。我只求她们一桩事:女人们,不要吃醋,我会满足你们的!不要相互妒忌了,对我来说你们都一样,我全都怜惜……"

他不好意思地笑笑,继续讲,"有一回我差点搭上一个官老爷的太太,她从城里到乡下别墅来。她可以算是漂亮了,皮肤跟牛奶一样白,就是头发是亚麻色的,两只蓝色的眼睛很温柔。我卖鱼给她,一直盯着她看。'你干吗盯着我看?'她问。'您知道要干吗。'我说。'嗯,好吧,'她说,'晚上我来找你。'那天晚上她真的来了!可蚊子围着她嗡嗡个不停,她被蚊子咬惨了,结果什么都没干成。她不停地说:'受不了了,咬得太狠了。'都快要哭了。隔了一天,她丈夫一个审判员来了。真的这些官老爷的太太就这样。"他以忧伤的抱怨,结束了谈话。"蚊子也能干扰她们的生活……"

伊佐特非常欣赏库库什金,"你要是仔细看看这些农民,库库什金的心肠可真不错！谁要是不喜欢他，可就看错人了！当然他爱多嘴，可是要晓得牲口身上都有杂毛的。"

库库什金没有地，娶的老婆是个贪酒的女佣。这个女人个头不高但是干练，身体结实非常彪悍。他把房子租给铁匠，自己住在浴室里，平时给潘科夫打工。他喜欢传播各种新闻，假如没有新闻他就自己编各种故事，可翻来覆去也就是那么几个套路。

"米哈伊洛·安东诺夫你听说没有？京科夫区有个警察要离职去当修士了，他说：'我不愿再打骂农民了，这事我干累了。'"

霍霍尔认真地说："要都这么干，全国的官员就都跑掉了。"

库库什金一边从乱成一团的褐色头发里把麦秆、枯草、鸡毛拨拉掉，一边若有所思地说："不会的，跑掉的只是那些还有良心的人，他们肯定是认为要做这个官就要违背良心。安东内奇我能看出来你不大相信良心这回事啊。不过你要晓得，一个人假如没有良心，再聪明也是活不下去的！我告诉你一个事情啊……"

然后他开始讲述一个"聪慧过人"的女地主的故事。

"从前有个凶恶的女地主，省长都要经常去拜会她。有一次省长跟她说：'夫人您可得当心了，往后，防备着点，您做的那些事已经传到彼得堡啦！'她肯定是拿果露酒招待的他，并跟他讲：'祝您一路顺风，我的脾气就这样了！'三年又一个月以后，她突然把所有的农奴都叫过来，跟他们说：'把我的地都分掉吧，再见了,别记恨我,我就要……'"

"进修道院啦。"霍霍尔提示他。

库库什金盯着他看了一会儿,斩钉截铁地说:"对,去修道院当女院长了!这么说,你听说过她的事情?"

"没听说过。"

"那你怎么晓得?"

"我是知道你会这么讲。"

这个爱做白日梦的家伙摇摇头,嘀咕着:"你太不相信人了……"

库库什金讲故事的套路基本上是如此:故事里的坏人和恶棍坏事做尽,然后就"鸿飞渺渺,杳无音讯"。更常听到的是,库库什金把他们往修道院一送,好似把垃圾扔到垃圾场一样随便打发掉。

他的脑子里常会突如其来地产生一些莫名其妙的想法,忽然间他皱起眉头大声说:"我们不应该征服鞑靼人,他们的人比我们好多啦。"

但是这时候大家正在讨论建立果园主合作社的话题,没谁接他的茬谈鞑靼人的事。

当罗马斯谈起西伯利亚和那里富农的情况时,库库什金又突然想起什么似的说:"如果人们两三年不去打捞鲱鱼,那鲱鱼就会繁殖到使海水淹掉海岸,人们就会吃洪水的苦头,这是一种非常能繁殖的鱼呀!"

村里人都觉得库库什金是个不上路子的家伙,他的故事和奇怪的念头经常把人惹气,招惹责骂和嘲弄,但是他们总是兴趣盎然,非常认真地听他瞎掰,就像是期望从他瞎编的故事里能听到点真东西。

库库什金什么活都能干,会箍木桶,会砌炉子,会养蜜蜂,还教家庭主妇们饲养家禽,而且木工活做得也不错,这些活他样样精通,就是他自己干起来不带劲,慢慢吞吞的。他爱猫,在他的浴室里养了十来只肥嘟嘟的大猫小猫。他用乌鸦和寒鸦喂猫,还教它们捕食家禽,这样一来村里人就更恨他。他的猫经常咬死邻居的小鸡、母鸡什么的,家庭主妇们只要逮住他的猫就拼命地打。在库库什金的澡堂周围,经常可以听到伤心的女主人们愤怒的尖叫声,库库什金倒是不以为然,还说:

"这些女人真傻,猫本来就是要抓活物的,它可比狗聪明多了。看着吧,我肯定要练好它们去抓鸟。让它们繁殖到几百只然后卖掉,卖的钱给你们,傻女人!"

库库什金本来还认几个字,后来都还给老师了,现在也不想学。他其实很聪明,霍霍尔讲的东西他领悟得比哪个人都快。

"哦是这样,是这样。"他跟小孩吃药一样拧起眉毛,"原来伊凡雷帝给普通老百姓没带来什么伤害……"

库库什金、伊佐特还有潘科夫晚上经常来我们这儿,一待就是半宿,听霍霍尔讲国际局势、外国的生活,讲其他国家的革命运动。潘科夫特别喜欢听他讲法国大革命的事情。

"这就是生活翻天覆地的变化。"他赞叹道。

潘科夫两年前和他的父亲,一个得了大脖子病、两眼瞪得吓人的富农分家了。他自由恋爱娶一个孤女,是伊佐特的侄女。他把老婆看得挺紧,可又允许她穿城里人穿的连衣裙。父亲因为他固执己见就把他赶出家门,而且每次经过儿子的新木屋就会狠狠地吐上一口唾沫。潘科夫把新木屋租给罗马斯,还顺着木屋盖了间小棚子作为小卖部。村里的富农因此把他当作眼中钉肉中刺,他表面上对此毫不在意,但提起他们来非常不屑,动不动就粗鲁地嘲笑他们。农村的生活让他十分苦闷,他说:"我要是会个技术手艺,早就搬进城里……"

他身材匀称,总是穿得很得体,举止适当仪表不凡;不过他很小心眼,总是多疑。

"你做这些事是出于激情呢还是有什么谋划?"

"你怎么看?"

"不,你先告诉我。"

"以你来看,怎么样才算好的呢?"

霍霍尔就是不说,最后还是逼得这个农民讲出了自己的观点。

"当然最好是出于谋划,没好处的谋划不存在的,什么事能有好处什么事就能做好。仅仅靠着激情,我们就会没头苍蝇一样地乱来。如果只靠着一时冲动,我是肯定会把事情办坏掉。恨起来我真想把神甫烧死了,叫他再也没机会去管别人的家长里短。

神甫是个凶狠的老家伙,长得跟鼹鼠似的,过去插手了潘科夫跟他父亲之间的纠纷,因此为他所不喜。

在这座干净的小木屋里度过的几个晚上,我终生难忘。当时,窗户上的木板关得严严实实,屋子里点了盏小油灯,一个大脑门的光头留着把大胡子,站在油灯前,他在讲解:"生活的本质就是要让人们逐步脱离动物般的生活……"

三个农民在认真地听着,他们两眼冒光,脸上洋溢着智慧的神采。伊佐特经常坐在那里一动不动,好像在侧耳倾听只有他自己才能听到的遥远的声音。库库什金不停地扭着身子,就好像有蚊子在咬他。潘科夫一边摸着浅色的唇髭,一边静静地思考。

"这样来讲,人还是要分成三六九等了?"

潘科夫对他的伙计库库什金从来不粗暴,而且常常听这个爱做白日梦的家伙编的荒唐的故事,这事让我很开心。

谈话结束后,我回到自己的阁楼上,坐下打开窗户,远远地看着睡梦中的村庄和寂静的田野。远处的星斗好像跟地平面快交织到一起,点点星光透过夜空里的雾气在闪烁。沉寂的夜晚使我的心不由紧缩起来,而思绪却飘到了无尽的天外。我好像看到了无数个村庄跟我所处之地一样悄然无声地散布在广袤的土地上,紧紧地挨着母亲般的大地。周围悄无声息万籁俱寂。

迷离夜空中的雾气让人懒洋洋的昏昏欲睡,就像是数不清的水蛭盘在心头,渐渐地我感觉身上没有力气,心里面有种隐隐的不安,在这片大地上我太过渺小,微不足道……

农村的生活并没有让我感到心情愉快。我常听人说,在书本上也会看到,农村的生活要比城市里更健康更舒适。可我看到这里的农民总有干不完的苦活,这里很多人身体并不健康,生活使得他们疲惫不堪,了无乐趣。在城里手艺人和工人虽说工作也很辛苦,但是他们的日子要比这里快活,不像这里那些郁郁寡欢的人总是令人厌烦地埋怨日子不好过。我没觉得农村的生活是简单的,农民们需要精心打理田间地头的事情,需要灵活机动地处理人际关系,然而这种缺乏理性的生活是令人难受的。可以看出来村里人都跟瞎子似的摸索着过日子,整天提心吊胆相互疑忌,他们的性情有点像狼。

我根本不能理解,为什么他们顽固地不喜欢霍霍尔、潘科夫以及我们这些想理智地活着的人。

我明显地看到城市人的长处,看到他们追求幸福,大胆地探求真理,对各种事情抱有强烈的使命感和目的性。在这样的夜里,我常会不经意地想到两个城里人:

弗·卡卢金和兹·涅别伊
钟表匠,兼修各种精密仪器、外科医械、缝纫机、八音盒等

这块招牌挂在一间钟表店的小门上面,门两边是落满灰尘

的窗户。弗·卡卢金坐在其中一扇窗户下,他黄黄的秃头上长了个包,一只眼上戴着放大镜,他身体壮实,圆脸上常挂着微笑,总是用小镊子摆弄钟表,或者张开藏在花白胡子下面的圆圆的嘴巴唱歌。兹·涅别伊坐在另一扇窗子下,他是个鹰钩鼻,一头卷发,黑脸膛,眼睛跟李子那么大,留着一撮楔形的胡子,身材干瘦,看起来跟个鬼似的。他也在摆弄一些精巧的小东西,不时会突然低沉地哼几声:"特拉——嗒——嗒姆,嗒姆,嗒姆!"

在他们身后,乱七八糟地堆着各式各样的留声机、钟表器械、齿轮、八音盒还有地球仪,架子上摆满了各种金属零件,墙上挂满了钟,钟摆来回不停地摆动。我本打算在那里待上一整天看他们怎么干活的,可是我个子太高挡住他们的光线,两人严肃地看着我,挥挥手就把我撵走了。离开的时候我突然想道:"一个人要是什么都能做,该有多幸运!"

我很钦佩他们,相信他们俩掌握了摆弄各种机械和使用各种工具的窍门,可以修理任何东西,这才是厉害的人啊!

但是我不喜欢农村,农民不可理喻。村里的妇人们聚到一块就喜欢说自己的病,说她们"胸口有个东西在不停地跳,胸口憋闷",还经常"小肚子绞痛"——到了节假日,她们就坐到自家的木屋门口或者伏尔加河边上聊这些。这些女人脾气暴躁,动不动就破口大骂。有时为了一个十二戈比的破罐子,三家人会拿起木棒打成一团,不是敲断老人婆的胳膊,就是打破小伙了的头。这类斗殴事件几乎每个礼拜都有。

有的小伙子在光天化日下恬不知耻地调戏少女们,对她们胡来:在地里逮着几个少女,把裙子下摆撩到她们头上,再用椴树的韧皮绑结实。这种胡闹的方式叫作"姑娘开花"。这时候裸露着下身的少女们尖叫着咒骂着,可她们好像很享受这种作弄,能看出来她们解开椴树的韧皮,放下裙摆时故意慢慢吞吞的。教堂里做晚间祷告时,这些小伙子不时掐姑娘们的屁股,好像他们只是为了嬉闹才来教堂的。礼拜天的时候,神甫就在诵经台上说:"牲口!你们就不能到别的地方鬼闹吗?"

"乌克兰老百姓在宗教信仰上,要比这里的老百姓来得更为虔诚,"罗马斯说,"我能看出来,这里的老百姓信仰神,仅仅是出于畏惧和贪婪的原始本能。你们晓得这里的老百姓根本谈不上对神的挚爱,对神的美以及力量的赞美。或许这是好事,更容易摆脱宗教的束缚,我跟你们说,宗教是一种极为有害的片面观点!"

这里的年轻人爱信口开河,可做起事情来又畏畏缩缩的。他们有过三回晚上在街上碰到我,想袭击我可是都失败了,只有一回他们用木棍打伤我一条腿。我当然不会跟罗马斯提及这种小冲突,可是,他发现我走路一瘸一拐,立刻就猜出来是什么情况了。

"哟,您终于收到这份'礼物'了啊?我告诉过您要防备着点他们!"

虽然他再三劝我晚上不要出去散步,可我有时还是走过一块块菜地来到伏尔加河畔,坐在那里的柳树下面,在淡淡的夜色里眺望河对面低岸的草地。伏尔加河气势开阔地缓缓而来,了无生气的月亮反射着此时看不到的太阳的光芒,给河面镀上一层金光。我不喜欢月亮,觉得它很不祥,会引起人的忧愁和不安,就像是使得狗儿会对着它狂吠。后来,知道月亮本身不发光,上面什么也没有,更谈不上有生命存在,我非常高兴。此前,我一直以为月亮上住着很多青铜人,他们的骨头是三角构成的,走起路来如圆规一般叉着腿一摇一晃,会发出跟大斋戒日教堂里震天巨响的大钟一样的声音。月亮上的一切东西都是青铜的,动物、植物全部不停地发出低沉的吼叫,对大地虎视眈眈,寻找机会过来作恶。后来我又高兴地知道,月亮上什么都没有,空空荡荡,还想着要是有天有个巨大的流星会撞到月亮上去,撞出火来让月亮可以自己发光照亮大地。

看着伏尔加河滚滚逝水摇曳着一条绸缎般的光带,自远方的黑暗中传了过来,又消失在山壁河崖的影子里,我顿时觉得神清气爽,思维敏锐。脑子里很自然地浮现出难以言表、与白天截然不同的各种念头。伏尔加河巨大的水流几乎没有声息,宽阔的黑幽幽河面上有条轮船在滑动,就像个长了火羽的怪鸟,船尾发出的轻轻的拍水声就像是怪鸟在扇动沉重的翅膀。对岸草地的河岸旁飘着一点光亮,在水面上形成一道醒目的红光,那是渔民在灯光下捕鱼,猛地一看还以为是一颗流星从天上降落下来,变成一朵火花在水面上漂浮。

从前在书上看到的东西此时都变成了各种奇幻的想象，不停地描绘出各种不同的美丽画卷，让我跟着流动的河水在微暗的夜空中飘浮。

伊佐特过来找我，夜色里他看上去更加高大，更让人感到亲切。

"你又到这儿来啦？"他一边问我一边挨着我坐下来，很长时间一句话也不说，静静地看着天空和伏尔加河，间或摸摸金色细丝般的胡须。

接着他谈起自己的想法：

"我把字学好后，要看点书，然后踏遍天下所有的河流，弄明白世上所有的事情！还要教导人民！对的，兄弟，要是能和别人真诚交流那得多好啊！哪怕是乡下女人，要是跟她们说说知心话她们也会懂的。前不久，有个女人坐我的船时问我：'我们死了以后会怎样？我不相信有地狱，也不相信人有来生。'你怎么看？兄弟，她们也……"

他想不出来合适的词，所以停了一会儿，最后补充道："毕竟也是有血有肉会思考的啊……"

伊佐特擅长在晚上逮鱼，他的审美情趣很丰富。他常跟沉醉于想象的孩子差不多，用朴素的话语恰如其分地谈论美。他不是因为畏惧信神，尽管他也经常去教堂。他把神想象成一个高高大大、气度不凡、受人尊敬的老人，一个聪明善良的世界之主。神之所以没能处置罪恶，是因为"他来不及做，世上人口太多了。嗯,没关系,神一定会惩罚他们的,你就等着吧!不过那个耶稣基督是怎么回事我就弄不明白了!要我看,他一点用处都没有,有个神就足够,可这时候又冒出个基督来!据说他是神的儿子,那又如何,神,估计是永生的"。

不过他更多时候是坐在那里默默地想心事,偶尔叹口气说:"没错,就是这样……"

"你在说什么?"

"我说我自己呢……"

他看着朦胧的远方,又叹了口气:"生活真美好!"

我表示认同:"对,很美好!"

河水犹如一块黑色天鹅绒势不可挡地流动着,在它上空,天上的银河蜿蜒无限,并散发出无尽星光。几个明亮的星星闪烁着如同金色百灵鸟般的光泽。此刻,我们都陷入一片神秘的气氛里,沉浸在诗歌般的对生活无尽的遐想当中。

阳光从远方草原上空淡红的云彩里射过来,看啊,太阳就像孔雀开屏一样绚丽。

"太阳真是美妙无比!"伊佐特含着笑幸福地自言自语。

苹果树开花了,村子里到处飘洒着粉红的花瓣,弥漫着一股青涩的花香味,这气味正好盖住焦油和牲畜粪便的臭味。千百棵鲜花盛放的苹果树,就像是穿上花瓣织成的节日盛装,一排排整齐列队,从村子里一直延伸到野外。晚上朗月当空、清风吹过,树枝带着花朵摇晃起来,几乎都能听到花瓣落下的声音。此刻，让人有一种错觉，似乎整个村子都被闪烁着金光的绿色波浪所淹没。夜莺在不停地放声歌唱，到了白天椋鸟尽情地模仿各种声音，树丛里难觅踪迹的云雀不断地鸣叫，它们朝着大地发出阵阵婉转清脆的鸣叫声。

到了节假日的晚上，少女们和少妇们便结伴上街，如小鸟一般唱着歌儿，脸上露出令人着迷的笑容。伊佐特跟喝醉酒似的也嘴角含笑。他变瘦了，起了黑眼圈，眼眶深陷，表情更为严肃，看起来更俊了。他平常白天睡大觉，到了临近傍晚才会神情恍惚，心不在焉地出现在街上。库库什金粗鲁又亲切地拿他打趣，他不好意思地笑起来："不要讲了，也是没法子啊。"

说着又高声感叹："啊，生活多么甜蜜啊！你要晓得这日子多滋润，话说得多贴心啊！有些话你死也不会忘掉，即便死而复生，首先想起来的，肯定还是这些话！"

"当心人家丈夫会来揍你！"霍霍尔也微笑着亲切地给以警告。

"是的，没错。"伊佐特表示赞同。

差不多每天晚上，米贡高昂雄浑的歌声会随着夜莺的鸣叫一起在果园、田野还有河岸的上空响起。他的歌声非常好听，基于这一点，村民们一般也不大计较他干了很多上不了台面的事。

每到礼拜六晚上，我们的小卖部门口总会聚起不少人。每次必来的有苏斯洛夫老头、巴里诺夫、铁匠克罗托夫、米贡几个人。他们坐下后，就开始慢条斯理地聊起来，有人走了有人又会加入进来,这群人在这里会侃到半夜才散掉。有几个酒鬼偶尔会跑过来捣蛋,来得比较多的是退伍兵科斯京。他只有一只眼,左手掉了两根指头。他来了就会撸起袖子舞着拳头,就像只好斗的公鸡一脚插到小卖部门口,拼命地叫喊:"霍霍尔,害人的家伙,居然信土耳其人的教派!回答我,为什么不去教堂祷告?你这个异端!破坏分子!回答我,你算个什么玩意儿?"

这时候,大家嘲讽他:"米什卡①,你干吗要开枪打掉自己的两根指头啊?是不是见到土耳其人吓傻了?"

他恼羞成怒就要冲过来打架,可大伙儿抓住他哄起来把他推搡到沟壑里,他沿着斜坡滚下去了,忍不住尖叫:"救命啦,我要死了……"

然后他自己爬上来,还管霍霍尔要喝伏特加的酒钱。

"凭什么?"

"因为我供你们取乐啦。"科斯京答道。村民们一起哈哈大笑。

---

① 米哈伊尔的昵称,科斯京应该叫这个名字。

第六章

在一个节日的早上,厨娘把炉子里的柴火点着后到院子里去,我这时就在小卖部里,只听轰的一声巨响,小卖部整个抖了起来。铁皮糖果盒全掉到地上,玻璃哗哗碎了,货架上的东西咕咚咕咚地掉到地板上。我赶紧冲向厨房,只见黑烟滚滚从厨房的门口往房间里冒,黑烟后面有什么玩意在噼啪作响。这时霍霍尔一下抓住我的肩膀说:"等一下……"

厨娘在过道里嚎哭起来。

"唉,蠢女人……"

罗马斯跑进烟雾里面,咣啷一下碰到什么家伙,他恨恨地骂了一句,然后冲着门外喊:"不要哭了!快拿水过来!"

有几根柴火在厨房的地板上冒烟,有些小木头还在烧,地上还有几块掉下来的炉砖,黑乎乎的炉膛里就跟清扫过一样什么也没有。我在烟雾里摸到一桶水,把地板上的火浇灭了,接着捡起柴火扔进炉子。

"当心!"霍霍尔跟我说,然后抓着厨娘的膀子,把她推向房间那边,命令她:"快把店门关了!"又对我喊,"当心!马克西梅奇,说不定还会爆炸……"

说着他蹲下来仔细看那些又圆又粗的松木柴火,然后把我扔进炉子的柴火都拿出来。

"您这是干吗?"

"嚯,看看瞧!"

他把一根炸得很奇怪的柴火递给我,我看到柴火中有个用手工钻头钻出来的洞被熏得黑乎乎的。

"您清楚了吗?他们这些魔鬼把炸药塞到柴火里。一群笨蛋!呵,一俄磅炸药能起什么作用?"

他把那根柴火放到旁边,一边洗手一边说:"亏得阿克西尼娅走开了,否则她就给炸伤了……"

等带着酸味的烟雾散开后才看到,厨房里的各种坛坛罐罐都被震碎了,窗户玻璃掉下来了,炉膛嘴子上有几块炉砖也塌了。

霍霍尔此时表现出来的冷静让我不高兴。他这个样子,就像是一点也不为这种愚蠢的破坏活动生气。街上的孩子在那里乱跑一气,并大声地嚷嚷:"霍霍尔的小卖部失火啦!快要点着我们村子啦!"

有个村里的妇人在大声哭着抱怨。阿克西尼娅在房间里惊慌地喊起来:"有人要闯进店里啦,米哈伊洛·安东内奇!"

"嘘,嘘,小点儿声!"他用十毛巾擦着湿漉漉的胡子说道。

几张毛脸从开着的窗户往屋里张望,因为愤怒和紧张显得有点扭曲,他们的眼睛被烟熏得受不了都眯着。有个家伙激动地尖叫:"把他们赶出村子!老是搞出状况来,他们干什么的,神啊!"

有个红头发的小矮个农民,翕动着嘴唇,在胸前画着十字,试图爬进窗户里面。可是,他失败了。他右手拿着把斧头,只好用左手抽搐地扒着窗台,一会儿工夫就掉下去了。

罗马斯拿着根柴火问他:"你想爬进来做什么?"

"救火啊……"

"可是根本没起火啊……"

那个农民愕然张开嘴巴,闪开了。罗马斯走到小卖部的门廊里把那根柴火展示给人们看,说道:"你们中间有人往这块柴火里装了炸药,然后把它塞进我们的柴火堆。可是,炸药放少了,所以造不成什么危害……"

我站在霍霍尔身后看着这帮人,听见那个拿斧子的农民畏畏缩缩地说:"你干吗老拿那根柴火冲我挥动啊……"

这个时候醉醺醺的退伍兵科斯京喊道:"把他赶走,这个猖狂的家伙!送他去法院……"

可现场大部分人都默不作声,一动不动地看着罗马斯,狐疑地听他往下说:"要把这所房子炸掉得用很多炸药,可能要一普特!好了,你们散了吧……"

有个人问道:"村长哪去了?"

"应该去找警察!"

人们不情不愿地慢慢腾腾散掉了,好像意犹未尽。

我们坐下喝茶时,阿克西尼娅表现出不同以往的热情和善意,给我们斟茶时同情地看了看罗马斯说:"您不去举报他们,他们才动不动过来捣蛋呢。"

"您对这种捣乱的行为不来火吗?"我问他。

"我没空对他们所做的每一件愚蠢的事发火。"

我心里面想:"要是每个人都能这么镇定自若地做着自己的事情,该有多好啊。"

罗马斯说他很快就会去喀山,问我要带点什么书回来。

有时我认为他心里面就像是装了个机械表一样的东西,上紧发条后,几乎可以有条不紊地走上一辈子。我很喜爱霍霍尔,非常尊重他,不过,我倒宁愿他哪天能对我或者其他什么人来个脾气,哪怕是跺脚,大声叫骂才好呢。可他不来脾气或者说不想来脾气。当他被那些愚蠢的卑鄙的举动惹恼时,最多眯起那双灰色的眼睛冷冷地说几句平淡的话反击一下。

有一回他问苏斯洛夫:"您这么一大把年纪,为什么说话还昧着良心?"

苏斯洛夫老头蜡黄的两腮和额头立马开始变得紫红,几乎连花白胡子的根部都要变红起来。

"实际上要清楚,你这么做对你自己很不好,会损害你的威信的。"

苏斯洛夫耷拉着脑袋表示同意:"说得对,是不好!"

后来苏斯洛夫对伊佐特说:"他是我们知心的带头人,要是能选这样的人当官就好啦⋯⋯"

罗马斯简单扼要地跟我交代他不在店里的时候需要做的事情,以及该怎么去做。我似乎有种错觉,他好像已经不在意别人试图通过炸坏炉子来威胁他的事了,就像不在意经常被苍蝇叮到一样。

潘科夫来了,仔细看了炉子,皱眉问道:"您吓着了吧?"

"没关系,吓着啥呀?"

"这是打仗!"

"坐下来喝杯茶吧。"

"老婆还在等着呢。"

"刚才哪去了?"

"捕鱼去了,和伊佐特在一块儿。"

他走的时候路过厨房,若有所思地又重复了一遍:"这是打仗!"

他跟霍霍尔讲话一般比较简短,就像是他们就很多重大而复杂的事情已经提前交流过。记得当时听罗马斯讲过伊凡雷帝时代的故事后,伊佐特说:"他是个无趣的沙皇!"

"是个粗暴的君主。"库库什金补充道。潘科夫却坚定地说:"看上去不是多聪明啊,他杀了一些大贵族,马上又有很多小贵族冒出来了,还引外国人过来。这一招玩得不漂亮,小地主比大地主更坏。苍蝇不比狼,用枪也打不到,比狼更讨厌。"

这时候库库什金提了一桶和好的泥巴过来,把塌下来的砖头重新砌到炉子上。他说:"那帮鬼东西尽想坏点子!他们自己身上的虱子弄不完,可是弄人家——你就看着吧!你,安东内奇不要一趟带多少货回来,每回少带一点,多带几回,否则你看吧,他们肯定会烧死你的。现在你要做的那件事,会倒霉的!"

让村里的富农们不满的"那件事",说的是建立果园主劳动合作社的事。霍霍尔在潘科夫、苏斯洛夫还有其他几个通情达理的村民的协助下,已经快把这事办好了。多数户主开始喜欢罗马斯,来小卖部买东西的人也多起来,连巴里诺夫、米贡这些不上台面的农民也来尽心竭力,为霍霍尔的事业办一些力所能及的事。

实际上我很喜欢米贡,他唱的那些凄美哀婉的歌曲非常动人好听。他唱歌时闭上眼睛,痛苦的脸也不再痉挛了。他总是在漆黑的夜晚,天上没有月亮或者布满乌云时唱歌。到了黄昏时分他就会叫我:"到伏尔加河上去啊。"

在河畔,我发现米贡在准备捕鱼的物事。他坐在小舟的尾部,把乌黑的双腿伸到昏暗的水里,开始修补起禁止使用的抓捕鲟鱼的渔具。他跟我说:"地主老爷们欺辱我也就算了,我能忍。见鬼!他有身份,比我见多识广。可是当下农民弟兄也来欺辱我,让我怎么接受?我和农民有什么区别?无非是他挣的钱以卢布算,我挣的钱以戈比算,就这点区别!"

此时米贡的脸发病似的痉挛起来,眉毛翘起来,手指微微颤动。他边检查渔具上的钩子,用锉刀把它们锉得更尖,边愤怒地说:"大伙把我当成贼,没错,我有罪!可要明白大家都跟强盗一样,你争过来我夺过去,掠夺一切能拿到手的东西。是的,神不爱我们,魔鬼爱我们!"

昏暗的河水从我们身边缓缓流过,乌云飘在河面上空,黑暗中已经看不到河岸上的草地了。浪花轻轻地拍打着沙滩哗哗作响,冲洗着我的双脚,似乎要把我带进不可知的无尽黑暗之中,漂向别处。

"人总得活着,是不是?"米贡叹着气问我。

山上有条狗在长吠,声音凄凉,就像是在梦里,我问自己:"别人为什么要跟你活得一样呢?"

河面上一派寂静与漆黑,显得很是吓人。何况,这种暖烘烘的黑好像没有尽头。

"他们要杀了霍霍尔,你看吧,他们也要杀了你。"米贡小声说,然后出乎意料地轻轻唱起歌来:

> 妈妈多么喜欢我,
> 她曾对我说,
> 哎,亚莎,我的心肝!
> 日子要过得平平安安……

这时候他闭上眼睛,歌声越来越有力,越来越悲切,渔具上面仍在检查的手指移动得越来越慢。

  可我没听妈妈的话,
  哎呀,没听妈妈的话……

  我立马有种奇怪的感觉,好像黑漆漆的大水在地上猛烈冲撞往河里奔流而下,而我也掉进了水里,正往太阳沉没的黑暗中永远滑去。

  米贡就像开始唱歌那样突然停掉了歌声,沉默着把小舟推进河里,然后坐上小舟,近乎没有一点动静地消失在黑暗之中。看着他的背影,我想:"他这样的人活着是为什么呢?"

  巴里诺夫跟我关系也不错,他好吃懒做,没有正经,喜欢吹牛,搬弄是非,是个不安生的流浪汉。他曾在莫斯科待过,现在说起莫斯科还讨厌得很:"那座城市简直就是地狱!乱得很,有一万四千零六座教堂,那里的人全是骗子!说实话那些人个个就跟生了疮一样,做生意的,当兵的,普通市民全都一边走路一边抓痒痒。那里有个炮王,炮管又大又粗!彼得大帝亲自造的,用来轰击造反的人。有个贵妇人因为他负心起来造反,因为彼得大帝跟她在一起待了七年,每天都黏在一块,后来把她抛弃了,连同三个娃娃一起。这位贵妇人生气了,就起来造反!兄弟啊,那大炮轰起造反的人,一下子就炸死九千三百零八个人!连他自己都吓坏了,他跟主教菲拉列特说:'这样不好,得把这东西封起来,省得让别人去放炮。'然后就用铁块把它的炮口给封了……"

我说他讲的全是鬼话,他听了很生气:"神啊,你这人真败兴!这个故事是个有文化的人很详细地讲给我听的,你居然……"

他经常去基辅"拜访圣徒",他说:"那个城市跟我们村子差不多,也在山上,也有条河,我忘了是什么河来着。比起伏尔加河来简直就是条小沟!说真的那个城市乱七八糟的,街道都是弯弯拐拐的,都是上坡的。那儿的人都是霍霍尔,不过和米哈伊洛·安东诺夫的血统不一样,是一半波兰一半鞑靼的混血儿。那儿的人爱胡说八道不说正经话,他们披头散发,脏不拉几的,还喜欢吃蛤蟆,他们那里的蛤蟆一个能有十俄磅重。他们把牛当成交通工具,耕田也用牛,他们的牛真好,最小的牛也有我们这里的三个大,有八十三普特重。那里有五万七千个修士,二百七十三个大主教……哎,你这人真奇怪!你跟我争什么呀!我这都是亲眼看到的,你去过吗?没去过!哦,那不就结了!老弟,准确无误,我这人最喜欢……"

他喜欢数字,曾经跟我学加法和乘法,可他再没兴趣学除法了。他经常很投入地做多位数乘法,可是对算错的数字一点也不在意,结果越算越错,用木棍在沙滩上写下一大串数字后,就跟个孩子似的瞪着眼睛惊奇地看着这些数字说:"这么长的数字谁念得出来啊!"

巴里诺夫是个邋遢的人，经常披头散发穿着破衣烂衫，可他长得还算俊俏，留着可笑的蜷曲胡子，蓝色的眼睛带着孩子般的微笑。他和库库什金身上有共通的地方，可能正因为如此他俩才避免相互照面。

巴里诺夫曾经两次去过海上捕鱼，不时会念叨："我的小老弟，什么都不能跟大海相提并论。在大海面前你就跟个蚊子一样。要是看到大海你就会把自己忘啦。那儿的生活也挺不错，什么人都往那里跑，甚至有位修士大司祭都过去啦，他也没什么，也得干活！还有位厨娘，她是个检察官的姘头，你看还有比这更好的事吗？可她想起大海，就迫不及待地跟检察官讲，'检察官你是很好，可我们还是分手吧！'因为只要见过一次大海，以后就会对这个地方念念不忘。海和天空一样辽阔，不会有挤挤撞撞的事！我也要去那里，永远不回来。我不喜欢尘世，真想找个没人的地方隐居起来，唉，可也不知道哪儿有僻静的好去处……"

他就跟只丧家之犬一样在村子里游荡，大家都瞧不起他，可是听他讲故事跟听米贡唱歌一样让人开心。

"编得真不错，够巧妙的！真好听！"

他的想象甚至把潘科夫这样理智讲求实际的人都给征服了。有一天这个从不轻信他人的农民跟霍霍尔讲："巴里诺夫说，伊凡雷帝的好多事情还没写到书里，许多事情都被隐瞒了。他还说伊凡雷帝好像会变化，经常变成一只鹰，后来人们为了纪念他,才在钱币上铸一只鹰①。"

我发现,搞不清是多少回了,人们对那些虚构的光怪陆离甚至有时明显就是瞎胡编的故事要比对正经八百讲人生道理的故事感兴趣得多。

但是当我把这一发现告诉霍霍尔时,他笑眯眯地说:"这种情形不会维持多久的! 人们只要学会思考,就会探求到真理。像巴里诺夫、库库什金这样一些荒诞的人,你应当理解他们。要知道,他们是艺术家、作家! 大概基督也是他们这样的古怪的人吧,您会同意我的看法的,有的东西他编造得还不错呢……"

让我奇怪的是,这拨人很少提到,并不大喜欢提到神,只有苏斯洛夫老头经常深信不疑地说:"神会安排好一切!"

不过,我从这句话里听到了某种无望的意味。我跟这些人相处融洽,在他们夜间的交谈中学到很多东西。我感觉似乎罗马斯提到的每一个问题,就像是一棵大树把根深深地扎进生活的土壤里,在土壤深处又跟另一棵古老大树的根须盘绕交集,于是它们的每一个树枝都开出众多娇艳芬芳的思想之花,生长出茂密的铿锵激昂的话语之叶。我不断在书本中汲取让人振奋的思想的蜜汁,感到自己进步了,讲话变得更为自信。霍霍尔好几回都笑着夸我:"您做得真不错,马克西梅奇!"

他这句话,让我激动不已。

潘科夫有时候会把他老婆带过来,这个女人个子小小的,面

---

① 实际是沙皇俄国以东罗马帝国继承者自居,使用了与罗马一样的鹰徽。

目可亲，两只蓝色的眼睛里显示出智慧的光芒，打扮得跟城市里的人差不多。她文静地坐在角落里，抿着嘴，不一会儿就吃惊地张开嘴，眼睛惊奇地瞪得圆滚滚的。间或她听到一句说到心里去的话，立刻双手捂着脸害羞地笑起来，这时潘科夫会对罗马斯挤眉弄眼地说："她也听明白啦！"

动不动会有一些小心谨慎的人来找霍霍尔，他们一过来霍霍尔就会把他们领到我住的阁楼上，在那里一待就是好几个小时。

阿克西尼娅不时往那送点吃喝的东西，白天他们在那里睡觉，除了我和对罗马斯无比忠诚近乎万分崇拜的阿克西尼娅，谁也看不到他们。到了晚上，就由伊佐特和潘科夫用小船把这些客人送上过路的轮船，或者送到洛贝什轮船码头上。我从山上望着这一叶扁舟在黑黢黢的河面上，有时也会有银色的月光洒下来，晃晃悠悠。为了吸引路过的轮船船长的注意，船上点着一盏小灯，灯光在不停地晃动。看着这些，我觉得自己已经参与到这项伟大的秘密行动中来了。

玛丽娅·杰连科娃从城里过来了，可我已不能从她的眼睛里看到那种让我窘迫的东西了。她的眼睛充满着一个青春少女对自己美丽的自信。她正沉浸在一个魁伟的大胡子男人为她大献殷勤的幸福中。他跟她说话时，和同别人讲话时一样语气平静而略带嘲讽，只是更频繁地抓胡子，一双眼睛也更柔和。她尖细的嗓音听起来满是喜悦，她身穿淡蓝色的连衣裙，头上扎着蓝色的发带。她那双孩子般的小手总是闲不住,好像老是想找个东西抓在手里。她抿着嘴常常哼着什么小曲子,并用手帕不停地扇着瘦削红润的脸蛋。她身上出现的某种让我不安的新情况,使我恼火,尽量避开她。

七月中旬伊佐特失踪了,有人说他溺水了。两天后这被证实:离村子下游七俄里远的地方,他的船被冲到长满青草的岸边,船底破了,船帮也撞碎了。这个不幸事件的发生大概是由于伊佐特在河上睡着了,他的小船漂出村子下游五俄里远,跟三艘停在那里的驳船船头撞上了。

此事发生时,罗马斯还在喀山。当晚库库什金来到小卖部,沮丧万分地坐在货袋上,看着自己的脚,良久一句话也不说,接着他开始抽烟问我:"霍霍尔什么时候回来?"

"我不晓得。"

他甩手打起受伤的脸,小声地骂着,就像是喉咙里卡着什么东西一样地吼叫着。

"你怎么了?"

他咬着嘴看了我一眼,他的眼睛通红的,下巴在发抖。看来他已经说不出话了。我惴惴不安地等待着令人伤心的消息。最后他朝街上看了一眼,磕磕巴巴吃力地说道:"我和米贡去那看了伊佐特的小船,船底是用斧头砍通的,你懂吗?这意味着,伊佐特是被人谋害的!肯定是……"

他摇着头,嘴里不停地骂骂咧咧,发出焦躁心慌的干嚎,然后沉默一会儿,开始画十字。这个农民想大哭一场,可他不会哭也不能哭,只是浑身打着颤,愤怒又悲伤地喘着粗气,这模样简直让你不忍心看下去。接着他站起身,摇着头走掉了。

第二天傍晚,一帮小孩到河边游泳发现伊佐特躺在村子上游一点的岸边,就在村子不远处一艘晒干的坏驳船下面。驳船一头搁在石头岸上,一头在水里,伊佐特的尸身就趴在水里那半截下面,挂在船尾的舵上,脑壳碎了,里面空空如也,脑浆都被水冲走了。有人从背后袭击了这个打鱼人,他的后脑勺被直接砍掉了。水流摆动着伊佐特的身体,把他的腿往岸边带,使得他的膀子也动起来,就像是要竭力往岸上爬。

岸上站了二十多个富农,他们一个个脸色阴沉地注视着,贫农们还没有从地里回来。狡猾胆小的村民挥舞着手杖跑来跑去,结实的小卖部老板库兹明叉开两条腿,挺胸凸肚地站在那里,一会儿看看库库什金一会儿看看我。他令人生畏地拧起眉头,可他那麻脸上淡色眼睛里的泪水,使他看起来也很悲伤。

"哎!真是胆大包天!"村长一边骂一边迈着那双罗圈腿走来走去,"哎,这帮乡巴佬太可恨了!"

一个身材高大的少妇,村长家的儿媳妇,坐在一块石头上傻看着河水,手指颤抖着画了个十字。她的嘴巴上下翕动,那如狗一般的下嘴唇往下咧,肥厚发红,露出两排大黄牙。小男孩和小女孩们就像是小彩球从山上滚下来一样飞奔过来,满身尘土的农民们也纷纷赶来。人们小心地轻轻议论:"这个农民是个爱找事的家伙。"

"怎么会这样啊?"

"就跟库库什金一样总爱招事……"

"一个大活人就这么不明不白地给害了……"

"伊佐特这个人还是挺随和的……"

"挺随和?"库库什金怒吼着冲向那些农民,"那你们为什么要把他打死? 说啊,你们这些恶棍! 啊?"

这时候有个女人突然歇斯底里地笑起来,那笑声就像是一条鞭子狠狠地抽打向人群。农民都嚷嚷起来,相互推搡着,骂着叫着。库库什金蹿到小卖部老板面前,伸手狠狠地朝他的麻脸上抽了一下说:"给你一巴掌,牲口!"

然后他马上挥舞着拳头从人群里钻了出来,有点幸灾乐祸地冲我喊:"走吧,他们快打起来了。"

他嘴唇被打出血了,不停地吐着带血的口水,脸上却带着得意的表情:"看到了吧,我给了库兹明一巴掌。"

巴里诺夫害怕地望了望人群聚集的驳船那边,朝我们跑过来,拥挤的人群里传来村长尖锐的叫声:"不,你说我放纵了谁? 你说啊?"

"我得离开这里啦,"巴里诺夫嘀咕着朝山上走去。傍晚天气闷热得让人喘不过气来,彤红的太阳已经躲进青色的云层后面,灌木丛的叶子反射着红彤彤的光芒,什么地方开始打雷了。

伊佐特的尸体在我面前轻轻地浮动,流水把他破碎头颅上的头发冲得笔直,好像根根直竖起来。他低沉的嗓音和曾说过的几句知心话在我的心里回荡起来:"每个人都有像孩子一样纯真的一面,我们应该看到人们身上孩子一样的纯真!比如说霍霍尔,表面上他心坚如铁,可他的心灵却如同孩子般纯真。"

库库什金在我边上走着说道:"看,我们都落到这个下场……神啊,多么愚蠢!"

过两天霍霍尔在半夜里回来了。看上去他有什么得意的事情,对人格外热情。我把他让进屋里时,他拍着我的肩头说:"您睡得太少了,马克西梅奇!"

"伊佐特被人杀了。"

"什——什么?"

他的颧骨一下子鼓起了,牙齿咬紧,胡须不停地颤动像是一条条小溪在胸前流淌。他没摘帽子站在屋子中央,眯起眼睛连连摇头。

"那么还不清楚是谁干的咯?嗯,确实……"

他缓缓走到窗前坐下来,伸出双脚。

"我一直警告他……官方的人过来了吗?"

"昨天警察局的人来过了。"

"那么结果如何?"他问,然后又自己答道,"当然啦,不会有什么结果的!"

我告诉他跟从前一样,警察局长到了就去库兹明家,然后命令把库库什金抓到看守所,说他打了小卖部老板一巴掌。

"哎，是啊，还会说什么呢？"

我去厨房把茶炊烧起来。

喝茶时罗马斯说："那些人干的事真蠢！他们常把好人给害了！可以这么说，他们害怕好人。就像这里的人经常讲的，他们和好人处不来。我以前在西伯利亚流放的时候，遇到个服苦役的家伙跟我说，他从前专门偷盗为生，他们一帮有五个人，有个人良心发现就说：'弟兄们，咱们干点别的吧，偷盗的事情也没啥好处，反倒提心吊胆的。'为此他们趁他醉酒睡着的当口，把他掐死了。这个苦役犯对他死去的同伴赞叹不已，他说：'从那时开始我又杀了三个人，我不替他们惋惜。可对我那个同伴一直感到不应该，那可是个好人哪，聪明、快活、热心、心底纯真。'我问他：'那你们干吗要掐死他？害怕他背叛你们？'他听了这话很生气地说：'不，他才不会为了钱出卖同伴呢，绝对不会的！只是我们跟他没法相处，我们都有罪，就他像个大好人，我们看他不爽！'"

霍霍尔起身倒背着双手，嘴里叼着烟斗在屋子里来回走动。他穿着一件一直拖到脚后跟的鞑靼式样白衬衫，两只赤脚咚咚地敲打着地板，感慨地说："我好多回遇上这种因害怕正派人，谋害正派人的事。他们对待正派的人一般有两种态度：一种是先使用奸诈的手段陷害他，然后想办法灭掉他；另一种是像看家狗一样地服从他，唯命是从。后一种比较罕见，至少可以说向好人学习怎么生活，学习他们的生活方式，他们不能做到也不会做到，或许是不愿意吧？"

他拿起茶杯，里边的茶水已经凉了，接着说："他们可能不愿意去做！你看，他们费尽力气拥有了自己的一套生活方式，已经习惯了，这时候，有人突然跑过来说：'你们这种方式是错误的！''错误的？要知道我们为之付出了多少努力和辛劳，见鬼去吧！'说完就啪地打了这个跑来教训人的正派人一个巴掌，'别来烦我们！'可道理最终还是站在那些说这种生活方式不对的人这边！他们是对的，也正是他们把生活带往好的方向。"

他朝书架上的这些书指指说："特别是这些书！唉，要是我能写书就好了，可这事我做不来，因为我的思维僵化，没有条理。"

他坐到桌子旁边，双肘搁在桌子上两手抱头说："伊佐特真是太可怜了……"

然后他久久不说一句话。

"啊，我们上床睡觉去吧……"

我回到自己的阁楼上，坐在窗口。田野那边的天上忽然亮起道道闪电，照亮了半边天。当天上出现红光时，连月亮似乎都开始战栗。狗儿在胆怯地狂吠，如果没有这狗的吠叫，我真会认为自己住在渺无人烟的荒岛上。远方阵阵雷鸣，窗外传来一股让人难受的闷热气息。

在我前面的河岸上，柳树下面躺着伊佐特的尸身。他青色的脸正对着天空，一双玻璃般的眼睛严厉地注视着什么。金黄的胡须堆成一个小小的尖块,胡须里面藏着惊愕张开的嘴巴。

"马克西梅奇,最重要的是善良和亲切!我喜欢复活节①,因为这个节日最亲切!"

那条蓝色的裤子,两条裤管已经在烈日下晒干了,紧紧地贴着被伏尔加河水冲洗得干干净净的变青的双腿。苍蝇在打鱼人的脸上嗡嗡盘旋,他的尸身发出一股难闻的臭味让人发晕。

这时候,沉重的脚步声在楼梯上响起,罗马斯弯腰走进来,捋着胡子在我的单人床上坐好。

"您知道吗,我要结婚了!真的。"

"女人住到这儿,不太方便吧……"

他注视着我,像是要我继续说下去。可我说什么呢?闪电的光芒照进来,诡异地在屋子里闪过。

"我要跟玛莎·杰连科娃结婚了……"

我忍不住笑了起来,在这之前我从未想过会有人叫这个女孩玛莎。太有意思了。我从没听她父亲或她兄弟叫她玛莎。

"您笑啥?"

"没啥。"

"您认为我对她来说太老啦?"

"哦,不是!"

"她跟我说过,您曾经爱上过她。"

---

① 基督教节日,基督教认为耶稣于死后三天复活,定于每年春分月圆后的第一个星期日。

"嗯,算是吧。"

"那现在呢,对她没感觉了吗?"

"对,我感觉是的。"

他松开手上的胡须,小声说:"你们这个岁数的人,经常觉得这种事可以说'算是',可我这个年纪就对事情把握得比较精准了,不是说'算是',而是绝对把我的全部身心都俘虏了,其他什么也不想,根本没力气去想。"

说着他露出两排整齐的牙齿笑了起来,继续说:"安东尼①之所以被恺撒②的养子屋大维③在亚克兴之战中打败,就是因为克里奥帕特拉④临阵胆寒逃跑后,他扔下自己的舰队放弃指挥,乘坐自己的座舰去追她。你看,这种事是古今常有的!"

罗马斯站好挺起身体,好像是强迫自己似的又重复了一遍:"就是这么回事,我要结婚了。"

"不久吗?"

"秋天,等收完苹果以后。"

他离开了,出门的时候好像把头放得比以往更低了,我躺下睡觉心里想着:"我最好能在秋天离开这里。他干吗要讲安东尼

---

① 安东尼(前83—前30),罗马共和国军事统帅,与屋大维争夺罗马统治权,战败后自杀。

② 盖乌斯·尤里乌斯·恺撒(前100—前44),罗马共和国贵族、独裁者、军事统帅,他的名字后来成为西方皇帝的代称。

③ 盖乌斯·屋大维(前63—14),罗马帝国首任皇帝,恺撒外甥女的儿子,后被恺撒收为养子。

④ 克里奥帕特拉七世(约前70—前30),埃及托勒密王朝末代女王,安东尼的情人,与之对抗屋大维,兵败自杀。

的事？这个故事我可不喜欢。"

已经是早苹果收获的时候，今年苹果收成很好，苹果树枝都被果子压得弯到地上。果园里散发着浓浓的香味，孩子们在这里大喊大叫，捡拾被虫蛀掉下和被风吹落的苹果，这些苹果又黄又红。

八月初罗马斯从喀山带回一船货物和一船装满东西的框子。早晨八点钟，霍霍尔刚洗过澡换过衣服，准备喝茶，他高兴地说："夜里在河上航行确实让人心情舒畅……"

突然他抽动鼻子嗅了嗅，担心地问："好像有焦煳味？"

这时候阿克西尼娅在院子里哭喊："失火啦！"

我们马上跑到院子里，看到菜园边上的木棚起火了，木棚里有我们存储的煤油、柏油和油脂。我们茫然失措地望了几秒钟，看着淡黄的火苗在强烈的阳光下凶狠地扑向木墙朝着棚子顶部蹿过去。阿克西尼娅拎来一桶水，霍霍尔把水浇到已是熊熊大火的木墙上，扔下水桶说："见鬼了！马克西梅奇，快把油桶滚出来，阿克西尼娅快去小卖部！"

我迅速地把一桶柏油从院子里推到街上，又回来推一桶煤油，这时候我发现煤油桶的塞子不在了，煤油流了一地。我赶紧去找塞子，这时候已经来不及了，长长的火头从棚子的木板过道蹿进来，棚顶被烧得噼噼啪啪直响，像是什么邪恶的家伙发出的讥笑的怪声。我把这桶不满的油弄出去，看到很多妇人和孩子从街上各处跑过来，哭着喊着发出尖叫。霍霍尔和阿克西尼娅把小卖部里的货搬到沟壑那边,有个皮肤黝黑的白发老太婆站在街中间,挥舞拳头威胁着尖叫:"啊——呀!你们这些恶魔!"

我又跑进棚子里,发现里面浓烟四起,烟雾里不时传出噼里轰隆的声响,红色的火头从棚子顶部蹿下蔓延开来,而木墙板已经被烧得滚烫,样子跟栅栏差不多了。我被烟熏得透不过气,眼睛也睁不开,费尽全力才把一桶油推到棚子门口,可又被门卡死了,怎么推也过不去,这时候棚顶上不断有火星掉下来灼伤我的皮肤,我大声呼救,霍霍尔立刻赶来,抓住我的一只膀子把我拖出来。

"快跑!马上要爆炸了!"

他从过道冲进屋里,我跟在他后面,跑到阁楼上,那里有很多我的书。我把书从窗户扔到外面后,想把放帽子的箱子也赶紧扔出去,但是窗口太窄,我只好拿起半普特重的秤砣砸窗户框。突然传来一声沉闷的轰鸣,屋顶剧烈地震了一下。我知道这是煤油桶爆炸了。我头上的屋顶也起火了,噼里啪啦的直响,棕红的火苗冲过窗户到屋子里面来。我热得受不了,只得跑向楼梯,浓烟滚滚扑面而来,深红的火焰像蛇一般顺着楼梯的台阶往上爬。楼下过道里响起的声音就跟某个人在用钢牙啃木头差不多。我傻掉了,烟把我熏成了啥也看不到的瞎子,快把我熏得闭过气去。我呆立了几秒,这短暂的瞬间好像无尽漫长。这时候一张红胡子的黄脸膛往楼梯上方的天窗张望几下,那张脸痉挛地转了一下就消失了。这时一簇簇鲜血般红艳的火头马上就烧穿了屋顶。

我只记得当时我感觉我的头发都在发出噼里啪啦的响声,除此以外我的耳朵里再没有其他的声音,我明白自己快完了,双脚像灌了铅一样,尽管我双手捂着眼睛,可眼睛还是非常疼。

求生的本能让我想到逃生的唯一办法:我抱起我的床垫、枕头和一大捆韧皮纤维,脑袋和肩膀上裹着罗马斯的羊皮外套,从窗口一跃而下。

当我睁开眼时是躺在沟壑边上,罗马斯蹲在旁边大喊:"你还好么?"

我站起来,望着我们的房子,房子成了一团明亮的火焰,宛如猩红的狗舌舔舐着焦黑的地面。黑烟从窗口往外冒,黄色的火焰在屋顶上摇摆不已。

"嗯?你还好吗?"霍霍尔又一次喊道。

他烟熏火燎的脸上满是汗水,似乎哭出的泪水也是脏不拉几的。他的眼睛惊恐地眨动着,湿漉漉的胡须里纠缠着一些韧皮纤维。一股欣喜的狂潮席卷我的心头,那是一种充满力量的情绪。然后我觉得左腿疼得不得了,就躺着对霍霍尔说:"我的腿脱臼了。"他摸了摸我的腿,然后猛地往上一举。一阵强烈的痛感向我袭来,然后没几分钟,我整理我们抢救出来的物资,把它们拿到我们的浴室去,心潮澎湃之际只是稍稍有点跛行。罗马斯衔着烟斗开心地说:"油桶突然爆炸,着火的煤油喷射到房顶上面,我以为您会被烧死了。火头蹿得非常高,浓烟都起了蘑菇云,整栋房子瞬间就被大火包围。然后我想,再见啦马克西梅奇!"

他又像从前一样镇定下来,把货物码放得整整齐齐,然后对跟他一样伤心、蓬头垢面的阿克西尼娅说:"您就待在这里看着货物,我去扑火。"

大量的纸片在沟壑上空的烟雾里飞舞着。

"唉,"罗马斯说,"书!真是耻辱,这都是我心爱的书啊!"

四座木房子着了火,这天没什么风,火焰缓缓地往我们房子的左右两边蔓延开来,勉强地在屋顶和篱笆墙上送出轻盈的触须。红彤彤的火苗像发光的斧子一样梳理屋顶的干草,扭曲的烈焰如手指弹奏古斯里琴一样在篱笆墙上跳来跳去。烟雾弥漫的空中传来火焰幸灾乐祸的歌声,那歌声恼人地狂热,渐成灰烬的木头发出噼啪的轻响。金色的余烬从烟雾里飞到街上和人们的院子里。人们到处乱跑,忧心忡忡地看着他们的房子和各种财物,不断地哭喊着:"水——水啊!"

水离得很远,在山下面的伏尔加河里。罗马斯抓住他们,推搡着把农民们聚集到一起分成两组,指挥他们拆掉篱笆墙和已经起火的地方两边的杂物间。人们顺服地听他命令,更为理智地开始与这场意图毁灭整条街道所有房子的大火战斗。可是他们还是很恐惧,个个流露出绝望的神色,就好像这不是在给自己做事。

我倒是很快活,感觉自己的力气从未像今天这么大。我看到村长和库兹明带着一群富农站在街道尽头,挥舞着手杖呼喊着作壁上观。农民们骑着马从地里飞快地赶回来,胳膊肘都颠到耳朵那么高了,女人们对着他们哭诉,孩子们在四处乱跑。

又有一家的杂物间着火了,必须以最快的速度把牲口棚的一面墙拆掉,这堵墙是由粗大的树枝编成,好多通红的火头已经爬上这堵墙。农民们砍这堵墙的篱笆桩,火星和炭灰不断地掉落到他们身上,这些人恐惧地逃开,拍打已经有小火头的衬衫。

"不要怕!"霍霍尔喊道。

他的喊叫不起作用,他就把一个人头顶的帽子摘给我,把它扣在我的头上,对我说:"您从那边砍,我从这边砍!"

我砍了两根桩,墙就开始摇晃,我爬到篱笆墙上抓住墙顶子,霍霍尔抓住我的脚往自己那侧一拉,整座墙轰然倒地压着我,差点砸到我的头。农民们搭伙把篱笆墙拖到街上去。

"您有没有被烧到?"

他的关心让我倍添气力,动作更加灵敏。我很喜欢在我所敬重的人面前做出漂亮的事情。我拼命地干,希望能赢得他的赞许。我们书籍的书页像鸽子一般在如同乌云一样的浓烟里凌空飘飞。

我们在右边挡住了火势,可左面的火扩散得更厉害,已经烧到第十家了。罗马斯留下一部分农民监控右边猖狂的红色火蛇,带着大部分人赶往左边。我们从富农们身边跑过时,我听见有人凶狠地喊道:"那是他自己放的火!"

那个小卖部主人说:"应该去看下他的浴室!"

那些话令人气恼地印在我的记忆之中。

大家都知道,兴奋尤其是快乐的幸福会让人力气大增。我当时非常兴奋,干得忘乎所以,一直干到没有半点力气。我记得我倚着一块滚烫的东西,直接坐到地上。罗马斯拎起水桶把水倒到我身上,村民们围着我由衷叹服:"这个小伙子可真有力气。""这个家伙是铁打的……"

我把头贴到罗马斯的腿上,毫不在乎地哭了起来,他摸着我湿漉漉的脑袋说:"您好好歇一歇吧!"

库库什金和巴里诺夫两人都熏得乌黑,跟个鬼似的,他们把我带到沟壑里,宽慰我:"老弟,没关系,都结束了。"

"你吓着了吧!"

我还没能躺下歇一歇,恢复一下精神,就看到十多个富农走过来。村长走在他们前面,两个警察架着罗马斯的膀子,走在村长后面,往沟壑里我们的浴室走过来。罗马斯没戴帽子,湿漉漉的衬衫袖子被谁扯掉了,他紧咬着烟斗,表情十分严肃,脸色阴沉得可怕。退伍兵科斯京挥动手杖,歇斯底里地喊:"把这个异端扔到火里!把浴室的门打开……"

"你们把锁砸了嘛,钥匙找不到了。"

我跳起来,抓起地上的一根短粗的木棍站到他身旁,两个警察赶紧躲开,村长慌忙尖叫:"正教徒,是不允许砸锁的!"

库兹明指着我大喊:"看,这儿还有一个人……他是什么人?"

"冷静点,马克西梅奇,"罗马斯说,"他们认为我把货藏到浴室里,然后自己点火烧了小卖部了。"

"就是你们俩烧的。"

"砸锁吧。"

"正教的信徒们……"

"咱们自己担着!"

"咱们自己承担……"

罗马斯悄悄地跟我说:"您和我背靠背站,防止他们从背后扑过来……"

他们砸开浴室的门,几个人冲进门里,几乎马上又从那里钻出来,我趁着这个当儿把木棍塞给罗马斯,从地上又捡起一根到手里。

"什么都没有。"

"什么都没有?"

"狡猾的家伙。"

有个人怯生生地说:"你们没证据……"

几个人喝醉了似的粗鲁地回答他:

"什么没证据!"

"把他丢进大火里。"

"这个坏事的家伙……"

"居然想搞什么合作社!"

"小偷,他们这帮人都是小偷!"

"住嘴!"罗马斯高喊,"你们都看到了吧,我的澡堂里并没有什么货物,你们还想干什么?你们看见了吗,我的东西都被烧光了,剩下的都在这里。我烧毁自己的财产能有什么好处?"

"有保险赔偿金!"

然后十来个声音又疯狂地叫嚣:

"还等什么?"

"我们站得够久了。"

我双腿打颤,两眼发黑,透过微红的烟雾,能看到一群歇斯底里的面孔。那些面孔长着胡子,嘴巴张得大大的。我强行忍住要跟他们干架的冲动,他们在我们周围跃跃欲试又喊又叫。

"哟,还拿着棍子呢!"

"拿着棍子哪!"

"他们想揪掉我的胡子啊,"霍霍尔说,我觉得他是在笑,"马克西梅奇,您也会被打的,呃,不过淡定,要淡定啊……"

"看啊,那个年轻的还带着斧子呢!"

我腰带上还真的别了把斧头,我都没想起来。

"他们好像害怕了,"罗马斯判断说,"只是他们要是有什么动作,你可别真用斧子啊。"

一个我不认识的小个子农民,瘸着腿在那里可笑地又蹦又跳,狂妄地喊道:"不要靠近,拿砖头砸,教训教训他们!"

他真的抓起一块破砖头,甩起了就往我的肚子扔过来。我还来得及还击,库库什金从高的地方猛扑下来把他摁倒在地,两个人翻滚着厮打到沟壑里去了。库库什金后面潘科夫、巴里诺夫、铁匠还有其他十多个人跑过来了。

库兹明马上做出一副语重心长的样子:"米哈伊洛·安东诺夫,你是个明白人,该明白,大火把老百姓都吓疯了……"

"下去到河岸上的小馆子,马克西梅奇我们去喝点茶。"罗马斯说着话,把烟斗从嘴里拿出来放到兜里,力道很重。库兹明来凑到他边上嘀咕了几句,罗马斯看都不看他说:"傻瓜,滚吧!"

第七章

我们木屋的地基上残留着一堆橘黄的余烬,中间的位置炉子劫后余生的烟囱袅袅地向天上冒着一缕青烟,烧得通红的铁床架像蜘蛛一样趴窝在那里。大门的门柱烧得焦煳,每个门柱顶上冒着像是公鸡翎毛的火苗,看起来好像篝火旁戴着炭红帽子的黑衣侍卫。

"书都烧完了,"霍霍尔叹了口气说,"真可惜啊!"

孩子们用小棍子把一块块发红的焦木赶小猪似的推到院子外泥泞的街上,那些焦木发出嘶嘶的声音灭掉了,空气里弥漫着呛鼻的白烟。一个蓝眼珠、浅色头发的小姑娘,大概五岁,蹲在暖和的黑色水坑里,专心致志地拿根小棍子敲打一只压坏了的铁皮桶,听着铁皮桶发出的声音。

失火的人家脸色阴沉地在街上走过来走过去,把幸存的物资归拢到一起,女人们哭哭啼啼,为了几块焦木吵得不可开交。火灾现场后面的果树挺立如故,好多果树的叶子被烧黄了,红红的苹果更加清晰可见。

我们下去到河里洗了澡,然后去岸边的小馆子喝茶,没有人说话。

罗马斯开口说:"在苹果这件事上,那些大腹便便的家伙是没能得逞。"

潘科夫过来了,他若有所思,气定神闲。

"怎么办,老弟。"霍霍尔问。

潘科夫耸耸肩说:"我这所房子是投了保险的。"

大家鸦雀无声就像不认识一样,带着探求的目光彼此打量。

"米哈伊洛·安东诺夫,目前你打算怎么办?"

"我考虑一下。"

"你得离开这里。"

"看看再说吧。"

"我有个想法,"潘科夫说,"我们去外面聊。"

他们向门外走去,潘科夫在走到门口时回头跟我说:"你倒是胆大,你可以待在村里,他们害怕你……"

我也走到河畔,躺到灌木丛下双眼注视着伏尔加河。

尽管太阳已经下山,天气还是热得难受。在这个村子里经历过的事情,就像是彩笔绘出的画面在广阔的河面上一一展现眼前。我心里很憋屈,不过没多久还是因为疲惫的感觉,很快进入黑甜乡中。

"喂,"我模模糊糊地听见有人叫我,似乎还晃着我,还要把我拉扯到什么地方去。"你死没死?快醒醒吧。"

河对岸草地的天上已然升起一轮车辘辘大小的幽暗红月,

巴里诺夫趴在我身上晃我,"起来快走,霍霍尔正在找你,他差点急死了!"

他跟在我身后,不停地唠叨:"你怎么能随随便便找个地方就睡着了!你得知道坡上有人呢,走路时不小心踩掉下来块石头,那就能砸到你。他们会故意扔石头,这不是开玩笑。老弟,我们这里的人可记仇了,除了仇恨他们什么都不会。"

岸旁的树丛里传来窸窸窣窣的声音,树枝在摇摆。

"找着了啊?"米贡大声问道。

"带他过来了。"巴里诺夫回答。

走过十步左右,巴里诺夫叹了声气说:"他去偷鱼去了,米贡的日子难熬啊。"

罗马斯见到我,气呼呼地责怪我:"您怎么还去散步?您想被他们狠狠打上一顿?"

等到只有我们俩在时,他脸色阴沉地小声说:"潘科夫提议您留在他这里,他想开个小卖部。我建议你不要这么做,是这么回事,我把剩下货全卖给他了,我想去维亚特卡,过一阵我会给您写信约您过去,怎么样?"

"我得好好想想。"

"那您想想吧。"

他睡到地板上,翻了会儿身后就不说话了。我坐在窗子旁看着伏尔加河,河面反射着月光,使我想起失火时的熊熊火焰。一条轮船在长满草的岸边沿河而行,轮叶重重地拍打在水里,三盏桅灯在暗夜里穿游,时而与星光交错相应,时而会遮挡住星星。

"您还在为那些农民生气?"罗马斯慢悠悠地问道,"没有必要,他们只是些愚昧的家伙,恶意也只是愚昧而已。"

他的话并没有让我得到安慰,也没有减轻我心中难以遏制的愤恨。我眼前仿佛又出现那一张张毛茸茸宛如野兽的面孔在恶狠狠地叫嚣:"不要靠近,拿砖头砸!"

这个时候的我,还没有学会把自己看来无谓的东西抛诸脑后。单就这些农民中的某一个而言,他不会有多凶恶,甚至几乎一点也不凶恶。他们本质上都是些秉性善良的未受教化的人,要他们中的任意一个像孩子般笑起来并不难。他们如孩童般信任地倾听你讲述寻求智慧和幸福的故事,听你讲述伟人的功名业绩。这些农民都有一颗奇特的心,他们向往为所欲为、自由自在地生活,凡是可以激发他们幻想的事物,他们都视若珍宝。

可他们在村里集会时,或者在河畔的小馆子围成灰溜溜的一堆时,就会把自己身上美好的东西藏到不知道什么地方去,就像是穿着虚假和伪善的法袍的神甫。对有权有势的人他们卑躬屈膝像狗一样,那番作态令人生厌。可是有时候,他们又突然像狼一样凶狠,毛发直竖,龇牙咧嘴,粗鲁地彼此喊叫,为了点算不着的事动辄拳脚相向大打出手。那种时刻,他们面目狰狞疯狂不已,那样子看上去都能拆掉教堂,尽管前一天晚上,他们才像个绵羊进圈一样乖乖地过去。他们中间也有诗人和讲故事的人,可没人喜欢他们。他们在村落里茫然无助,被人瞧不起,艰难度日。

我不会也无法在这些村民中待下去,于是,在罗马斯离开的那天,我把自己的想法和苦恼都跟他说了。

"您这个结论未免有些草率。"他责备我。

"可我总结出来就是这么个看法,有什么办法?"

"这是错误的结论!没有根据。"

他费了好久苦口婆心地劝慰我,试图让我明白自己的想法没有道理,是错误的。

"不要急于指责他人,指责他人很简单,不要轻易地这么做。要冷静地看待这一切,要牢记一点:一切都会过去,一切都会往好的方向发展。慢了吗?但是扎实!您可以到处走走看看,了解各处的情况。要具有无所畏惧的精神,切切不要急于指责他人。再见吧,亲爱的朋友。"

我们再次相见是在谢德尔采。十五年后,罗马斯因为"民权党"事件被捕又在雅库茨克流放十年得以回来之后。

我非常苦闷,心里像是灌了铅一样沉重,自从罗马斯离开克拉斯诺维多沃村以后,我像个失去主人的小狗一样在村子里转悠。我常跟着巴里诺夫到各个村子给富农们干活,脱粒、挖土豆、清扫果园,夜里就住在巴里诺夫的浴室。

"列克谢·马克西梅奇,你这个小小的光杆司令,今后该怎么办?"一个下雨的夜晚,他问我,"明天我们去海上怎么样?真的！干吗在这儿待下去？这里的人们不喜欢我们这种人，再待下去，都不晓得那帮人哪天酒喝多了，会对我们干什么……"

巴里诺夫已经不止一次这么说了，他也莫名地一直郁郁寡欢，两条长得跟长臂猿似的胳膊失去力气般垂下来。他总是跟在树林里迷路一样，无精打采地四处张望，显得落落寡合。

雨水打在浴室的玻璃窗上，直泻而下的雨水从浴室的屋角冲过，哗哗作响淌入水沟。今年最后一次的暴风雨来了，电闪雷鸣一片惨白的电光。巴里诺夫小声问我："我们走吧，行不，明天？"

第八章

我们出发了。

秋天的夜晚,在伏尔加河上乘船,有着无以言表的惬意。我坐在船艄的舵旁,掌舵的是个大脑袋、毛发蓬密的怪家伙。他掌舵时,双脚沉沉地跺着甲板,大口喘着气:"嗷……噗!……嗷……咯……唔……"

船艄后是黑黝黝的河水,一眼望不到头,如丝绸般光滑,轻轻地流淌,天空里飘浮着朵朵乌云。四周只有夜的漆黑在缓缓移动,夜色笼罩着岸边,恰似整个大地都融入进来,变成了烟雾和水流,永不停息无休无止地向着下游流淌,流向那没有日月不见星辰的寂静莽荒。

前方雾蒙蒙的黑暗中,一艘看不见的拖船,就像要挣开极大的牵扯,喘着粗气缓缓前行。拖船上有三盏灯,两盏贴着水面,一盏高高在上,这些灯为它一路护航。在我这边的乌云下面,还有四盏灯像金鱼一样游动,其中一盏是我们船上的桅灯。

我觉得自己像是被关到一个冰冷油腻的泡沫里,这个油腻的泡沫沿着一个斜坡缓缓下滑,我就是里面的一只小蠓虫。这个泡沫好像渐渐慢下来,几乎完全停下来了,拖轮不再呜呜叫,它的外叶片也不再扑打水面。所有的声音像树叶从树上飘落,如粉笔字从黑板上擦去一般消失了,我周围的一切寂静无声。

那个身穿破羊皮袄,戴着翻毛帽子的掌舵的大个子站了下来动也不动,就像被施了魔法一样,也不嗷嗷乱叫了。

我问他:"你怎么称呼?"

"你要知道这个干吗?"他瓮声瓮气地回答。

那天太阳落山,船在喀山起航的时候这个像熊一样笨手笨脚的人就引起了我的注意,他长着大毛脸,眼睛小得只剩条缝。他掌舵的时候,把一瓶伏特加倒进木勺里,喝水似的三两口就喝完了,接着又吃起苹果来。当拖船拖动驳船以后,他就抓住船舵两眼盯着红彤彤的夕阳一甩头,严肃地说:"愿神保佑!"

拖船拉着四艘驳船从下诺夫哥罗德的集市驶往阿斯特拉罕,驳船上载满铁器,成桶的糖,还有一些沉甸甸的木头箱子。这些货物都要运到波斯去。巴里诺夫踢了踢木头箱子,闻了闻气味,琢磨一会儿说:"肯定是枪,伊热夫斯克产的……"

掌舵的一拳捣在他的肚子上,问道:"跟你有什么关系?"

"我自己猜的……"

"想挨巴掌是吗?"

我们没钱买船票乘客轮,他们出于"同情"把我们捎带上驳船。尽管我们跟船上的船员一样要"值班",可船上所有人还是拿我们当要饭的叫花子看。

"你还老说什么人民,"巴里诺夫跟我抱怨说,"这倒简单,谁有钱有势,谁就能作威作福。"

黑暗浓郁得看不到船身,只能看到被桅灯照亮的桅杆顶部笼罩在一片散发着煤油味的浓雾当中。

这个掌舵人板着脸,一声不吭的样子让人难堪。我被水手长指派到舵位上"值班",当这个野蛮的家伙的助手。他盯着前方灯光的动向,在拐弯时他低声对我喝道:"哎,掌下舵!"

我猛地起身,用力扳动船舵。

"好了。"他嘟囔说。

我又坐回甲板上,想和这个人扯扯话,但是未能如愿。他反问:"你问这个干吗?"

他在想什么呢?当我们从卡马河浑黄的河水转入伏尔加河巨大河口的银灰色缓流时,他望向北方,低声骂了句:

"混蛋!"

"谁是混蛋?"

他没应声。

远处苍茫的夜色中传来阵阵凄凉的狗叫声,似在提醒人们尚有残余的未被黑暗所吞噬的生命存在。令人觉得遥远而不可触摸,没什么用处。

"这个地方的狗没什么用。"掌舵人忽然说。

"这个地方是指哪里?"

"随便什么地方。我们那里的狗才是真正的野兽……"

"你是哪里人?"

"我是沃洛格达人。"

然后像袋子破了土豆漏出来一样,他拉拉杂杂地讲了一些寡然无味的话:"跟你一起的是谁?你叔叔?我看他是个傻帽。我有个叔叔是个精明人,比较凶狠也很有钱,他在辛比斯克开码头,在岸上还经营着一家旅馆。"

讲这些话时这个人好像很吃力,慢慢吞吞的,他那双在夜色中显不出来的眼睛注视着拖船的桅灯,看着灯光像金色的蜘蛛一样在漆黑的蛛网上面爬动。

"掌下舵,哎,你识字么?晓不晓得法律是什么人写的?"

不等我回答他又继续说:"说法各式各样,有人讲是沙皇写的,还有人说是都主教、参政院。假如我晓得是哪个人写的,我会去找他,跟他说:你要把法律写到非但不让我打人还得不让我抬起手才行,法律就应该跟铁一样,像一把铁锁把我的心锁住才算妥当!那样我才能保证安分守法,现在这个样子,我不能保证!不能保证!"

他一边用拳头敲打木舵把,一边自说自话,声音越来越小,话也渐渐含糊不清起来。

有人在拖船上对着传话筒喊话,他那低沉的声音被暗夜吞没了,就像是狗的哀嚎一样多余。灯光映射在黑色的水面上,就像是一团黄色的油污在船舷两侧游移不定,不能照亮任何东西,只能跟着河水融为一体。浓厚的乌云饱含着水汽,就像河里的淤泥一样,在我们的头顶流淌。我们正朝着寂静无声没有尽头的黑暗深渊滑行。

掌舵人皱起眉头哭丧着脸埋怨:"把我搞到什么地方来了?我的心脏都快停了……"

一种淡漠的感觉悄然钻入我的心间,令人神伤,倦意不停地往上涌。

灰蒙蒙不见天日,暗淡的黎明吃力地透过乌云,怯生生地悄然降临。黎明把河水染成铅灰色,两岸现出发黄的灌木丛,铁锈色的松树树干和深绿的枝叶,成排的农家木屋,还有石像一样的农民的身影。一只鸥鸟扑扇着翅膀,在驳船上空掠过。

我和那个掌舵人被人换班下来,我钻到帆布底下,马上就睡着了。但是没多久(我感觉是这样)就被沉闷的脚步声和叫喊声惊醒。我把头伸出帆布,看到三个船员把掌舵人压到舱室的墙壁上,七嘴八舌地喊:

"别这样,彼得鲁哈!"

"没什么大不了的,神会保佑你!"

"你啊,就算了吧!"

彼得鲁哈双臂交叉,手指抓住自己的肩膀,一只脚踏着掉在甲板上的一只包袱,安宁地站着,眼睛来回看向每一个人,声音嘶哑地劝说大家:"不要让我去犯罪啊!"

他赤着脚没戴帽子,只穿着衬衫和裤子,头上翘着一团蓬松的黑发,垂到他突起的额头上,额头下面能看到那双充血的鼹鼠一样的小眼。那双眼睛惊恐而又带着哀求地看着人们。

"你会溺死的!"人们对他说。

"我?肯定不会的,弟兄们,求你们放开我吧!要是不让走,我会杀了他!到了辛比尔斯克,我就要……"

"你别这样!"

"哎呀,好弟兄……"

他缓缓地张开双臂跪下,两条胳膊贴着舱室的墙壁,就像是被钉在十字架上一样,他重复说道:"不要让我去犯罪啊!"

他深沉而又奇怪的嗓音里带着一种让人震撼的东西,他那长得好像船桨一样的双臂在颤抖,掌心朝着大家。他长满胡子像熊一样的脸颊在搐动,一双黑色的眼球好像要从鼹鼠似的小眼睛里鼓出来,就像是被一只无形的大手扼住了喉咙,快被扼死了。

大汉们默不吱声在他面前让开一条道,他笨拙地爬起身,拎起包袱说:"就谢谢你们啦!"

他走到船帮上,以出人意料的敏捷动作猛地跳入河中。我也跑到船帮上,看到彼得鲁哈晃着头,戴帽子一样顶着他的包袱,斜斜地穿过流水朝岸边的沙滩游过去。那里有一片灌木丛,树丛被风吹得弯腰迎向他,往河面上飘洒着片片黄叶。

大汉们说:"他还是克制住了自己!"

我问:"他是疯了吗?"

"怎么是疯了呢?不是,他是在救赎灵魂……"

彼得鲁哈游到浅水区,在水深齐胸的地方站住脚,把包袱举过头挥舞了一下。

船员们喊了起来:"再——见!"

有人问:"他没身份证怎么办啊?"

有个红头发罗圈腿的船员很兴奋,饶有兴致地跟我说:"他有个叔叔在辛比尔斯克,对他干了很多坏事害得他破产。他因此想杀了那个叔叔,可他又心软了,于是躲开这次杀人罪行。这个汉子很粗野,但是心地善良!他是个好人啊……"

这个好汉已经上了一条窄窄的沙滩,朝伏尔加河上游走去。看哪,他已经走进树丛了。

这帮船员原来全是些好心肠的棒小伙,他们是我的老乡,祖祖辈辈都是伏尔加河流域的农民。到了黄昏我感觉已经跟他们成为自己人了。可是第二天,我就发现,他们拿怀疑的眼神阴冷地看着我。我马上想到应该是巴里诺夫满嘴跑马的缘故,不知道爱好浮想联翩的他又跟船员们说了些什么。

"你又乱说什么了吗?"

他那像女人一样的眼睛带着笑意,难为情地摸着耳垂承认:"说了点儿!"

"我不是求你不要乱说话的吗?"

"我本来是不打算说的,可那件不平常的事太好玩了。大家本来要打牌的,可牌被那个掌舵的拿走了。无聊嘛,我就……"

详细的盘问后我才得知,巴里诺夫为了打发时间,瞎编了一个很好玩的故事,故事的结局是霍霍尔跟我像古代的斯堪的纳维亚海盗一样,拿着斧子和一帮农民火拼。

跟巴里诺夫生气添堵是毫无意义的,因为这家伙看到的真理都是超现实主义的。有一次,在我跟他一起去揽活的路上,我们坐在沟壑旁的田里,他亲切而又坚定地开导我:"真理要按照自己的想法去选!看,沟对面一群羊,狗在来回地跑,牧羊人也在来回走动,嗯,看到这些又能怎么样呢?从这件事中我们的心灵能感受些什么呢?亲爱的老弟,你一眼看过去全是坏人,这就是真理,可好人在哪儿呢?好人,我们还没想象到呢,真的!"

船刚到辛比尔斯克,船员们就不客气地要我们离开驳船到岸上去。

"你们这种人跟我们不是一路人。"

他们用小船送我们到辛比尔斯克码头,我们在岸上晒干衣服,兜里只剩下三十七个戈比。

我们到小馆子里去喝茶。

"我们该怎么办?"

巴里诺夫坚定地说:

"你怎么说'该怎么办'?该继续走啊。"

我们幸运地当起了"兔子"①,乘坐客轮到了萨马拉。在萨马拉我们被雇到一艘驳船上去干活,七天后近乎很顺利地航行到里海海岸。我们在那里的卡尔梅克人肮脏的卡班库尔-巴伊渔场,一个很小的渔民劳动合作社里找到了工作。

---

① 在俄罗斯,指逃票乘客。